www.tredition.de

AF217607

Hans-Ulrich Möhring

Drachen töten

Roman

Foto des Erfurter Michaels © Karen Nölle, 2016
Umschlaggestaltung: Notburga Reisener, Hamburg

© 2018 Hans-Ulrich Möhring

Verlag und Druck: tredition GmbH, Hamburg

ISBN
Paperback: 978-3-7469-4107-3
Hardcover: 978-3-7469-4108-0
e-Book: 978-3-7469-4109-7

Dem Fernhintreffenden es nachtun, sagt er sich und blickt wie blind ins Dunkel: Du spannst den Bogen in der Nacht und schießt den lichtenden Pfeil, je ferner Ziel nehmend, umso sicherer treffend, mitten ins eigene Herz.

1 Er schloss ab. In der guten Stunde, die er gebraucht hatte, um sich zu sammeln – durch die stillen Räume wandernd, hier und dort verweilend, dem Nachhall der Worte lauschend, sich setzend, an diese Wand starrend und jene, zum Fenster hinaus, in die Flammen der beiden Altarkerzen – war er ruhiger geworden. Ruhig. Ein Gefühl von Verstehen war in ihn eingesickert. Tief ausatmend drehte er den Schlüssel herum, und erst bei dem bekannten leisen Knirschen wurde ihm der Ton bewusst, den er im Ohr hatte, vielleicht schon länger. Ein hohes Pfeifen, ein Sirren. Verdutzt schaute er sich nach der Ursache um, obwohl ihm schon im Ansatz der Bewegung klar war, dass es keine äußere Ursache gab. Tinnitus? So einen Ton hatte er noch nie gehört. Schlagartig wurde es finster. Wie ausgeknipst der lichte Zauber, mit dem eben noch alles übergossen war. In dem Fall aber gab es eine äußere Ursache. Er hob die Augen zu der hart konturierten Schattenmasse auf, die den Vollmond verdeckte, ein, zwei, drei, vier Sekunden, dann war sie abgezogen, und was er im wieder aufflutenden Licht am stürmischen Nachthimmel sausen und hinter dem Turmberg verschwinden sah, war ein riesiges, langgestrecktes Flugwesen. Er erkannte zwei weitgespannte Schwingen, einen durchlaufenden bläulich schimmernden Zackenkamm auf dem Rücken bis zum Ende des hochgebogenen Schwanzes, ein aufgerissenes Maul, dem das Brausen Rauschen Zischen in der Luft zu entfahren schien. Sein Pfeifton im Ohr auch? Ihm stockte das

Herz vor Schreck, und lange behauptete sich der erste Eindruck gegen die Stimme der Vernunft, die keinen Zweifel daran dulden mochte, dass es sich bei der Erscheinung natürlich nur um ein Wolkengebilde gehandelt haben konnte. Was sonst? Ein Drache!, schrie es in ihm, und mit einem Mal meinte er zu wissen, welcher Macht er an diesem Abend begegnet war.

Sonst war es eher die Macht der Trägheit, der Pfarrer Michael Altmann in der Konfirmandenstunde begegnete. Auch der eigenen, wenn er ehrlich war. Die Überwindung, die es ihn kostete, jeden zweiten Donnerstagabend die Schritte zum Gemeindehaus zu lenken, war wahrscheinlich nicht kleiner als die seiner Schüler, allen guten Vorsätzen zum Trotz, die er zwischendurch immer wieder fasste. Beim nächsten Mal wirst du deinen Stoff lebendiger aufbereiten! Du wirst spontan und unmittelbar sein! Bist du nicht angetreten, um die Jugend zu erreichen, gerade die Jugend? Und kaum fing er mit dem Unterricht an, spürte er schon die einschläfernde Wirkung, die er ausübte, auch auf sich selbst. Welcher Dämon der Ödnis ergriff da von ihm Besitz? Durfte er sich beschweren, wenn die Kinder das Vaterunser gedankenlos herunterleierten, sich beim Glaubensbekenntnis verhaspelten, auf seine Fangfrage nach den zwölf Geboten hereinfielen? wenn es für sie eine Erlösung war, nach den anderthalb Stunden endlich wieder auf ihre Smartphones glotzen zu dürfen? Hatte er in ihrem Alter nicht auch beim Gemeindepraktikum geschwänzt und über die Binsenweisheiten gestöhnt, die ihnen eingetrichtert werden sollten? Er war keinen Deut besser als sie. Wenn es diesen Donnerstag ausnahmsweise einmal lebhafter zugegangen war, dann hatte er das nicht sich zuzuschreiben, sondern allein Tim.

Tim. In den anderthalb Jahren, die er die Gruppe jetzt leitete, war der Junge häufig sein Lichtblick gewesen, interessiert, kritisch, redegewandt, manchmal ein wenig altklug, aber außer Leonie, und an guten Tagen noch Vanessa, der einzige, der von sich aus Fragen beantwortete, Meinungen äußerte, Ideen entwickelte und dazu beitrug, dem stockenden Gespräch eine Richtung zu geben. Beim vorletzten Mal wäre Altmann fast geplatzt vor Ärger über die vernagelten Hirne, mit denen er sich abplagen musste, und hinterher hatte er Hanne angerufen, um sich Luft zu machen: »... und dann sagt diese Schnepfe glatt zu mir, sie wäre doch ›nicht so blöd‹, auf die Geschenke und so zu verzichten, wörtlich, ›nicht so blöd‹, und bei den andern wird es genauso sein. Die machen das Theater doch nur mit, weil die Eltern das verlangen oder weil sie denken, sie haben später vielleicht Nachteile im Beruf, wenn sie nicht konfirmiert sind, oder kriegen Schwierigkeiten, wenn sie heiraten wollen, oder werden womöglich eines Tages nicht beerdigt! Der ganze Lebenshorizont lückenlos ausgefüllt von Konvention und sonst gar nichts! Erwachsen sein heißt für die ...« Aber Hanne war müde gewesen und hatte bald aufgelegt, und er hatte ins Leere gestarrt und sich für seinen billigen Zynismus geschämt. War es der Generation seiner Eltern mit ihnen nicht ähnlich gegangen? Andererseits, wenn man sich umschaute im Land, hatten sie nicht recht gehabt? Was machte es mit der Gesellschaft, was machte es mit der Kirche, wenn jeder nur auf den eigenen Vorteil bedacht war und zu bequem und zu angepasst, um sich für das Allgemeinwohl zu engagieren, um den lebendigen Gott im eigenen Leben tätig zu bezeugen? Alle Fesseln, von denen Jesus die Menschen zu erlösen verhieß, begehrten sie geradezu inbrünstig. Als er vor einiger Zeit ein paar seiner künftigen Gemeindekarteileichen beim Hinausgehen darüber diskutieren hörte, welches Bibelwort sie sich unter den Vorschlägen ihres Konfispruch-Tools aussuchen sollten, hätte er ihnen beinahe die Offenbarung nachgerufen, Kapitel 3, Vers 15 und 16: »Ach, dass du kalt oder warm wärest! Weil du aber lau bist und weder warm noch kalt, werde ich dich ausspeien aus meinem Munde.«

Insofern war es ihm ganz willkommen gewesen, als Tim letztens beim Thema »Die Schöpfung bewahren« die gebotenen Beispiele nicht gleichgültig abnickte wie die andern, sondern ihm speziell in einem Punkt entschieden widersprach: Alternative Energiequellen wie Windräder seien doch nur auf dem Papier schöpfungsbewahrend, real bedeute ein Windpark »hier draußen bei uns« die brutale Verschandelung der heimischen Landschaft und des natürlichen Lebensraumes, was den papiergläubigen städtischen Linksintellektuellen natürlich egal sei; oder als er sich — es ging um den Umgang mit Gewalt — über Vanessas und Melanies in der Tat recht nachgeplappert klingende Friedensbekenntnisse lustig machte und es wichtig fand, sich nicht um die eigenen Aggressionen herumzulügen und sie zuzulassen, wo sie berechtigt waren, womit er beinahe so etwas wie eine Diskussion auslöste. Schon da witterte Altmann einen bestimmten Geist, oder Ungeist, der aus dem Jungen sprach, aber er war auch beeindruckt, wie überzeugt und überzeugend er seine Meinung vortrug, und hielt die Tendenz darin für eher zufällig und bei einem klugen Kopf wie Tim leicht zu korrigieren.

Zweifel kamen ihm erst, als er im Februar mit der Gruppe in die Konfirmandenfreizeit auf der Wangenburg fuhr — aber die waren an dem Wochenende nicht sein vorrangiges Problem. Als übergreifendes Thema hatte er »Leben mit Fremden« gewählt und die Freizeit unter ein Motto aus dem Matthäusevangelium gestellt: »Ich bin ein Fremder gewesen und ihr habt mich aufgenommen.« Vielleicht, sagte er sich, bot ihm das mehrtägige nahe Zusammensein ja doch noch eine Chance, wenigstens an einige seiner Schützlinge heranzukommen und ihnen zum guten Schluss etwas Bleibendes fürs Leben mitzugeben. Vielleicht entstanden in der Alltagssituation Zugänge und Begegnungen, auf die er sonst gar nicht kam, weil es mit seiner praktischen Erfahrung schlicht nicht weit her war. Die Michaelsgemeinde in Treckingen war seine erste Pfarrstelle und die Konfirmandengruppe ebenfalls seine erste, und ein Naturtalent im Umgang mit jungen Menschen war er denn doch nicht; da kannte er andere Geistliche, die unmittelbar viel besser ankamen als er; im Studium war es eher die Systematische als die Praktische Theologie gewesen, die ihn anzog, und im Vikariat hatte er aufgeatmet, wenn er wieder ins Predigerseminar durfte. Deshalb hatte er eigentlich fest vorgehabt, sich gründlich auf diese Freizeit vorzubereiten, um der Herausforderung gewachsen zu sein, inhaltlich wie menschlich. Dann aber waren von Hanne Zeichen einer gewissen Wiederannäherungsbereitschaft gekommen, die zu mehreren Treffen und vielen nächtlichen Telefonaten und langen nacherklärenden Emails führten, alle getragen von der wachsenden Hoffnung, sie möge eines nicht zu fernen Tages mit dem kleinen Jonathan zu ihm zurückkehren, so dass neben der Vielzahl anderer Pflichten für eine Vorbereitung, wie er sie sich vorgestellt hatte, gar keine Zeit blieb. Zuletzt hatte er keine andere Wahl, als sich einfach an den Leitfaden der Landeskirche zu halten, der vorschlug, den Kindern das Thema Fremdheit mit einem Spiel um die Geschichte vom Turmbau zu Babel erlebnispädagogisch nahezubringen. Ach, warum nicht der reichen Erfahrung anderer vertrauen? Das Wesentliche war auf jeden Fall die menschliche Präsenz.

Als er begriff, worauf er sich einließ, war es zu spät. Oder? Im nachhinein fragte er sich, ob er den Kindern sein Entsetzen hätte gestehen, das Spiel abbrechen und ein offenes Gespräch beginnen sollen, sei es über den wirklichen Sinn der Turmbaugeschichte, sei es über seine persönliche Ratlosigkeit und ihre Gründe. Den Mut und die Spontanität besaß er nicht. Tim schien seine Verunsicherung zu spüren, denn er sah ihn mehrfach spöttisch?, abschätzig? an und versuchte nicht einmal, sich konstruktiv zu beteiligen, sondern schoss die ganze Zeit nur quer. Zu Recht! Altmann sah sich Dinge tun und sagen, für die er hinterher vor Scham am liebsten im Boden versunken wäre. Eine der tiefsten und reichsten biblischen Geschichten, unmittelbar einleuchtend und doch unerschöpflich in ihrem Sinngehalt, wurde unter seiner Anleitung in ihr genaues Gegenteil verkehrt, in eine unfassbar alberne Travestie. Kein Wort von der menschlichen Urkatastrophe, die es bedeutete, dass Gott die Menschen daran hinderte, einen Turm bis zum Himmel zu bauen, indem er ihnen die gemeinsame Sprache und überhaupt ihre Einigkeit nahm und sie in alle Länder zerstreute. Kein Wort davon, dass in diesen Bildern der Schlüssel zur leidvollen irdischen Conditio humana lag. Kein Wort von der einstigen Heilung der babylonischen Sprachverwirrung, vorweggenommen im Pfingstwunder der zungenredenden Apostel. Die Vorgabe des Leitfadens war gnadenlos positiv, und er setzte sie um.

Er wies seine Konfirmanden an, sich in vier kleine Gruppen aufzuteilen und jede aus Tischen, Stühlen und sonstigen Gerätschaften einen »Turm« zu bauen. Den Turm sollten sie mit einem Tuch in der Farbe ihrer Gruppe und einem Schild behängen, auf dem ihr selbstgewählter Name stand. Jede Gruppe sollte sich charakteristische Gemeinsamkeiten überlegen, einen bestimmten Verhaltenskodex oder Wertekanon zum Beispiel, und eine eigene Sprache erfinden, die etwa in jedes Wort eine zusätzliche Silbe einbaute oder frei definierte Phantasiewörter gebrauchte, verbunden vielleicht mit besonderen Gesten. Dann sollten sich Delegationen der einzelnen Türme gegenseitig besuchen, um sich über die Eigenheiten hinweg sprachlich zu verständigen und die verschiedenen Wertvorstellungen gegeneinander zu vertreten, und schließlich sollten in den einzelnen Gruppen und im Plenum die Erfahrungen im eigenen Turm und in der Fremde ausgetauscht werden. Weitere Übungen waren vorgesehen, Erläuterungen wie, dass das Volk Israel zur damaligen Zeit von den Babyloniern bedroht war, die alles nach ihrer Reichsnorm vereinheitlichen und andere Kulturen und Sprachen nicht zulassen wollten. Viele verschiedene Kulturen und Sprachen, das war nicht mehr Gottes Strafgericht, sondern das irdische Paradies universeller Harmonie, mit unendlichen Möglichkeiten der friedlichen Völkerverständigung. Die Erkenntnis, die aus der biblischen Geschichte zu ziehen war, lautete: Gott ist gar nicht eifersüchtig, Gott will Vielfalt.

Bis zu so einem Fazit kam es nicht. Altmann ließ es hilflos geschehen, dass die »Verständigung« zwischen den Gruppen in gegenseitiges Verulken und johlendes Gehampel und Gestammel ausartete, und schritt auch nur halbherzig ein, als Tim anfing, die anderen als Kanaken und »Dunkle Brut« zu beschimpfen, und sie für »minderrassig« erklärte, wenn sie sich der »vaterländischen Ordnung«, die er für seinen Turm proklamiert hatte, nicht fügen wollten. Die andern gaben mit gleicher Münze zurück, so gut sie konnten. Das Dalbern und Kalbern einer Horde Vierzehnjähriger griff um sich. Der Turmbau zu Babel interessierte niemanden. Der überforderte Leiter war heilfroh, als das Abendessen dem Treiben ein Ende machte, und übertrug es Vanessa, die für den Samstagabend angesagte Disco zu organisieren. Die kam allerdings nur schleppend in Gang und blieb anfangs eine reine Mädchensache, weil die Jungen sich mehrheitlich um Tim versammelten, der in einer Ecke mit seiner PlayStation Hof hielt und das neue *Dragon Age* vorführte. Altmann beschloss, gute Miene zu machen, gesellte sich dazu und ließ sich erklären, mit welchen spieltechnisch superraffinierten Mitteln die Dunkle Brut zu bekämpfen war. Der gute Ritterorden der Grauen Wächter wurde im Kampf mit den Bösen fast aufgerieben, und die Spielerfigur und ein weiteres überlebendes Ordensmitglied mussten anschließend Verbündete gewinnen und Kämpfe mit schrecklichen Dämonen und Monstern bestehen, bis am Schluss der »Bossfight« gegen den Erzdämon anstand. Der mächtigste Gegner war der Hohe Drache, und Tim zeigte seinem faszinierten Publikum, wie er die Gruppe um seine Figur mit phantastischen Waffen, Panzern, Heilzaubern, Tränken und Gnaden ausrüstete, bevor sie auf dem Berggipfel gegen das Ungetüm antraten, das jedoch allem Einsatz von Gruppenheilungen, Wiederbelebungen und Lyriumtränken zum Trotz in dem grotesken blutigen Gemetzel zuletzt die Oberhand behielt. Weitere Heldentaten unterband Altmann, zumal er inzwischen mitbekommen hatte, dass das Spiel erst ab achtzehn freigegeben war. Statt Tim darüber zur Rede zu stellen, erzählte er den maulenden Jungen die Legende von Sankt Georg und seinem Drachenkampf, und zum ersten Mal an diesem Tag hatte er ihre Aufmerksamkeit. So was hätte er in der Konfer mehr bringen sollen, fanden sie. Er lächelte: Vielleicht. Was Georg allerdings befähigte, das Ungeheuer zu töten und die Jungfrau zu retten, die ihm geopfert werden sollte, war keine besondere Rüstung oder Wunderwaffe, stellte er klar, sondern allein die Kraft seines Glaubens. Seine männliche Stärke war anderer Art als die von Superman und Co. Reine Menschenmacht, und verfügte sie auch über Superkräfte, reichte nie zum Sieg über die Drachen der Welt, oder höchstens in einem Spiel, sie reichte nur zu selbstherrlichen Türmen zu Babel, und im wirklichen Leben stürzten die immer unweigerlich ein. Und weil Georg das wusste, verlangte er auch nichts zum Lohn für sich selbst, ihm war nichts gelegen an der Hand der Prinzessin, und die Reichtümer des Königs ließ er unter den Armen verteilen. Altmann nickte nachdrücklich.

»Ich bin hungrig gewesen und ihr habt mir zu essen gegeben. Ich bin durstig gewesen und ihr habt mir zu trinken gegeben. Ich bin ein Fremder gewesen und ihr habt mich aufgenommen. Was ihr getan habt einem von diesen meinen geringsten Brüdern, das habt ihr mir getan«, zitierte er den Evangelisten. Dies sei der Geist des Heldentums, mit dem das Böse in der Welt überwunden werde. Und mit dem Gefühl, dass ihm wenigstens das Resümee dieses Tages doch noch halbwegs geglückt war, schickte er die Jungen auf die Tanzfläche zu den Mädchen.

Zur nächsten Konfirmandenstunde erschien er mit dem Vorsatz, in der Nachbereitung gar nicht mehr auf die verkorkste Turmbaugeschichte einzugehen, sondern inhaltlich nachzuholen, was während der Freizeit weitgehend unter den Tisch gefallen war. Ausgehend von dem Matthäuswort wollte er Flüchtlingsschicksale aus der Bibel anführen, um dann auf den Umgang mit Fremden in der Gesellschaft und konkret auf die Asylproblematik und das Zusammenleben mit nicht deutschstämmigen Mitbürgern überzuleiten. Er rechnete mit Tims Widerspruch und freute sich sogar darauf. Womit er nicht rechnete, war die Veränderung, die in den wenigen Tagen mit dem Jungen vorgegangen war. Arm in Arm mit Leonie anmarschierend, löste er sich erst beim Betreten des Gruppenraums von ihr. Ein trotzig-unsicherer Blick streifte den Pfarrer, der erstaunt die Augenbrauen hochzog. Tims blonde Lockenhaare waren millimeterkurz geschoren, was den länglichen Schädel, sicher anders als beabsichtigt, wie ein rohes Ei aussehen ließ und den noch kindlich weichen Gesichtszügen etwas Ungeschütztes, Verletzliches gab. Im Gegensatz dazu stand der uniformierte Eindruck, den die einheitlich schwarze Kleidung machte, woran auch der einzige Farbtupfer nichts änderte, ein roter Schriftzug auf dem Sweatshirt, von dem unter der offenen

Bomberjacke nur einige Buchstaben zu sehen waren. Altmanns Blick glitt darüber hinweg und kehrte dann ruckartig mit geweiteten Augen dahin zurück: NSDAP las er, und so sorgfältig, wie Tim sich beim Eintreten die Jacke zurechtgezogen hatte, war an der Absicht nicht zu zweifeln.

Bloß nicht drauf reinfallen. Er ließ den Blick weiter schweifen. Wer sich darüber empörte, bekam bestimmt mit Unschuldsmiene den völlig harmlosen kompletten Markennamen gezeigt. Der Junge war ganz offenbar seit zwei, drei Monaten in der akuten Trotzphase, die Ausprägung allerdings wurde langsam extrem. Was stand dahinter? Er wusste, dass Tim viel las. War er dabei, sich aus halbverdauten rechtsradikalen Schriften ein oppositionelles Weltbild zusammenzuzimmern? War er unter den Einfluss einer nazistischen Gruppierung geraten? Eine nennenswerte rechte Szene gab es in Treckingen nicht, soweit Altmann wusste. In Göppingen sollte es eine Gruppe »Autonomer Nationalisten« geben – dehnten die sich in andere Städte aus? Wie reagierten Tims Eltern auf seine Entwicklung? Der Pfarrer hatte keinen Kontakt zu ihnen und wusste über sie nicht mehr, als dass sie nach der Wende aus Zwickau gekommen und beide berufstätig und konfessionslos waren. Den Entschluss, sich konfirmieren zu lassen, hatte Tim selbst getroffen. Bei der Anmeldung des Jungen hatte die Mutter einen freundlich distanzierten und gebildeten Eindruck gemacht. Tim war ein Einzelkind und dem Anschein nach viel allein. Vielleicht sollte er mal mit ihnen reden, dachte Altmann, aber ganz sicher war er sich nicht.

Erst einmal über das reden, was auf dem Programm stand. Er ließ die Kinder der Reihe nach einzelne Bibelstellen zur Flüchtlingsthematik vorlesen und machte jeweils mit kurzen Kommentaren das Besondere der Schicksale deutlich: dass Abraham und Sara praktisch zeitlebens Migranten waren, angewiesen auf die

Gastfreundschaft der anderen, dann aber an ihren Wohnorten ihrerseits Gastfreundschaft übend; dass Joseph, von den eigenen Brüdern verkauft und von Schleppern nach Ägypten gebracht, dort mit seinem Aufstieg am Hof des Pharaos zu einem schönen Beispiel gelungener Integration wurde; dass Ruth, die erst einen Ausländer geheiratet hatte und nach dem Tod des Mannes mit ihrer Schwiegermutter in dessen Heimat gezogen war, um dort ihrerseits als Ausländerin zur Stammmutter des Hauses David zu werden, die Verbindung der Völker musterhaft vorlebte; dass Gott dem Volk Israel ausdrücklich gebot, einen bei ihnen wohnenden Ausländer nicht zu unterdrücken, sondern zu lieben, »denn ihr seid auch Fremdlinge gewesen in Ägyptenland«; dass Jesus schon als ganz kleines Kind mit seinen Eltern als politisch Verfolgter in die Fremde vertrieben wurde und dennoch seinen Jüngern mit dem Missionsauftrag »Gehet hin in alle Welt!« ein Leben in der Fremde um Gottes willen auferlegte. Vor dem zweiten Teil, in dem Kurzberichte über Flüchtlinge aus dem Irak, Afghanistan, Äthiopien und Nigeria vorgestellt werden sollten, forderte Altmann zur Diskussion auf und fragte seine Konfirmanden, welche Gedanken und Gefühle die biblischen Geschichten bei ihnen auslösten. Er wollte, dass sie die Verbindung zwischen den äußerlich so weit auseinanderliegenden Themenbereichen zogen, dass sie das Allgemeinmenschliche darin erkannten. Es war ihm nicht entgangen, dass Tim angespannt wirkte, wie unter Strom, und tatsächlich meldete er sich sofort zu Wort.

Gastfreundliche Migranten, begann er in einem ungewohnt scharfen Ton, seien die Israeliten doch nur so lange gewesen, wie sie in der Minderheit waren. Nach dem Auszug aus Ägypten hätten sie das Land Kanaan, das Abraham ewig lange vorher versprochen worden war, mit brutaler Gewalt erobert und die Einheimischen daraus vertrieben. Für deren Flüchtlingsschicksale hätten die sich nicht sonderlich interessiert. Und was die Völker-verbindung anging – Tim schlug eine eingemerkte Stelle in seiner Bibel auf – so war die Ruth-Geschichte eine absolute Ausnahme. Normalerweise achteten die Israeliten extrem darauf, dass sie ihre Volksgemeinschaft blutsrein hielten und sich nicht mit andern Völkern vermischten. Als zum Beispiel nach der babylonischen Gefangenschaft viele Heimkehrer einheimische Frauen heirateten, setzte der Oberpriester durch, dass die Mischehen geschieden und Frauen und Kinder »entlassen« wurden. Tim las zwei Stellen aus dem Buch Esra vor. So was sollte hier und heute einer nur mal vorsichtig andenken, der würde sofort einen Kopf kürzer gemacht – in den Medien, setzte er hinzu. Er verzog verächtlich den Mund. Dass man den einen oder andern notleidenden Fremdling gast-freundlich aufnahm und nicht unterdrückte, war völlig in Ord-nung, aber wenn die Fremden faktisch als Eroberer kamen, wenn sie die einheimischen Sitten und Werte verachteten und abschaf-fen wollten, wie damals die Juden in Kanaan oder heute die Türken und Araber in Deutschland, mussten sich die Einheimi-schen dann etwa nicht dagegen zur Wehr setzen? Etwa nicht? Er sah sich in der Runde um wie ein Wahlkampfredner. Doch sobald man ein Wort gegen Ausländer sagte, fuhr er schnell fort, bevor Altmann ihn unterbrechen konnte, kam das Kartell der Meinungs-macher in Politik, Medien und Kirche sofort mit der Moralkeule an und tat so, als wäre es ein Verbrechen wider die Menschlichkeit, wenn man seine eigene Kultur vor der Aushöhlung und Über-fremdung schützen wollte, vor Zerstörung durch Multikulti. Genau das aber passierte im Land. Tim hatte den Finger gehoben und fing an, ihn beim Reden auf und ab zu bewegen. Es gab keinerlei Maß, nach dem Fremde eingelassen oder abgewiesen wurden, es war, als hätten die das Recht, sich nach Belieben im Land breit zu machen, Arbeitsplätze zu fordern, Sozialleistungen in Anspruch zu nehmen, Ausbildungen finanziert zu bekommen, und irgendwann –

Altmann hob die Hand. Offensichtlich hatte der Junge sich wieder bis an die Zähne bewaffnet, um gegen die Dunkle Brut zu Felde zu ziehen, diesmal allerdings mit schlagkräftigen Phrasen statt mit Meteoritenschwert und Diamantenstreithammer. »Das reicht fürs erste, Tim«, sagte er. Gewiss könne man vieles an den biblischen Geschichten kritisch sehen, an der gesellschaftlichen Situation in Deutschland auch, zu fragen sei aber in jedem Fall, in welchem Verhältnis die Bewahrung der eigenen Identität zum Gebot der Nächstenliebe und zur Offenheit für das Neue und Andere stand. Oder vielleicht sollte man statt Bewahrung eher Gewinnung der eigenen Identität sagen, denn die Aushöhlung und Zerstörung der eigenen Werte geschah auch durch gedankenlosen Trott und Abschottung von der Außenwelt, an der sich diese Werte immer zu bewähren hatten. Wo die Begegnung mit dem Fremden ängstlich gemieden oder aggressiv verhindert wurde, da waren die eigenen Werte wahrscheinlich zu schwach oder zu wenig lebensbestimmend, um in der Begegnung bestehen zu können. Genau dafür brauche es die Konfirmation, denn Konfirmation bedeute wörtlich die »Bestärkung«, die »Befestigung« in den eigenen Werten, damit die falsche Alternative vermieden wurde, dass man entweder vor dem Fremden kapitulieren oder das Fremde verteufeln musste.

Tim setzte zu einer Erwiderung an, aber Altmann erteilte erst einmal anderen, die sich erfreulicherweise gemeldet hatten, das Wort. Ein Mädchen erzählte von der überwältigenden Gastfreundschaft, die sie im Türkeiurlaub mit ihren Eltern erlebt hatte, ein anderes berichtete von einer Freundin, die eine Weile mit einem libanesischen Jungen gegangen war, sich aber bald wieder von ihm getrennt hatte, weil der und seine Freunde deutsche Mädchen letztlich doch bloß für leicht zu habende Schlampen hielten. Während ein Junge von Provokationen einer Türkengang in der Stadt berichtete und Tim einhakte und es empörend fand, dass viele deutsche Männer es einfach geschehen ließen, wenn Ausländer mit deutschen Mädchen und Frauen machten, was sie wollten, und sie nach ihren Sitten unterdrückten, merkte der Pfarrer, wie ihm die Zügel aus der Hand glitten. Ein Teil von ihm, schien es, rückte innerlich von dem Geschehen im Raum ab und blickte wie aus weiter Ferne auf die diskutierende Runde. Seine sicheren Argumente entfielen ihm. Fasziniert beobachtete er, wie sich Tims Lippen beim Reden bewegten, wie sie schmaler und straffer wirkten als sonst, wie von ihnen eine Verwandlung, eine Verhärtung der weichen Züge ausging. Leonie, sah er, das intelligenteste, vielleicht auch das hübscheste Mädchen in der Gruppe, hing an diesen Lippen, sie glühte förmlich vor Bewunderung. So ein Mädchenblick hätte ihn in dem Alter auch angespornt, aber er hatte sich schwergetan mit dem anderen Geschlecht. Dass Tim fünfzehn war und damit ein Jahr älter als die anderen, trug sicher zu seinem Sonderstatus bei. Für einen Moment sah Altmann sich selbst als Fünfzehn-, Sechszehnjährigen, und die Erinnerung an seine elende Verklemmtheit damals durchzuckte ihn. Aber diese Selbstsicherheit im angelesenen Wissen, die hatte er auch gehabt, das Gefühl der Unangreifbarkeit, das einem der Panzer des Wissens verlieh, den Drang, alles abzuwerten und niederzumachen, was diesem Wissen widersprach, den Drang, sich einen Feind aufzubauen, ein Anderes, das man bekämpfen konnte, das man auslöschen wollte. Er schaffte es, seine Flüchtlingsberichte vorlesen zu lassen, und griff hin und wieder noch kurz ein, wenn die Diskussion über die Stränge zu schlagen drohte, doch hauptsächlich war er mit seinen eigenen Gefühlen beschäftigt. Worte schwirrten ihm durch den Kopf, Fremdheit, Volksgemeinschaft, deutsch, Panzer,

Kampf. Ich bin nicht gekommen, Frieden zu bringen, sondern das Schwert. Als er seine ungewöhnlich erhitzten Konfirmanden schließlich in das Abenddunkel entließ, war er selbst tief aufgewühlt. Etwas arbeitete in seinem Innern wie ein uraltes Tier.

2 »Ich dachte gestern abend, ich muss unbedingt mit dir reden. Ich dachte irgendwie, jetzt fange ich völlig zu spinnen an. Und dann warst du nicht da ...«

Schweigen in der Leitung.

»Und hinzu kommt ... Gott, ich bin wirklich mit meinem Latein am Ende ... weil ... also heute nachmittag kriege ich einen Anruf von Tim – du weißt schon, dieser ... Dings – und er erklärt mir rundheraus, als ob er einen vorbereiteten Text abliest, dass er es sich anders überlegt hat, er will sich doch nicht konfirmieren lassen, er bläst die Sache ab. Er hätte jetzt die ›weltanschaulichen Differenzen‹ begriffen, die ihn vom Christentum trennen. Ich war völlig baff, weil ... gut, er hat die ganze letzte Zeit schon quergeschossen, aber er war damit auch ein belebendes Element für die Gruppe, eine echte Herausforderung, auch für mich, vor allem für mich, und ich wusste erst mal gar nicht, was ich sagen sollte. Ich wusste gar nichts mehr in dem Moment.«

Hanne machte verstehende Geräusche. Das konnte ein langes Gespräch werden. Als es um halb zehn geklingelt hatte, wusste sie gleich, wer es war. Jonathan schlief schon eine Weile, und sie hatte die Zeit sich zu sammeln gehabt, die sie am Abend ihres langen Tages brauchte und die er ihr tunlichst nicht nehmen wollte. Er hatte gewartet, nicht zu lange, damit sie nicht schon auf dem Weg ins Bett war, und nachdem er sich nach Jonathan und ihr und, nicht zu vergessen, ihren Eltern erkundigt und sich eine Weile ihre

Feriengeschichten angehört hatte, platzte er damit heraus, was er auf dem Herzen hatte, übergangslos. So war er. Entweder er brachte gar nichts heraus, oder er kam direkt zur Sache. Umwege lagen ihm nicht. Dass er unter Druck stand, ließ sich nicht überhören.

Er fing an, von diesem Tim zu erzählen. Was mit dem Jungen passierte, ließ ihm keine Ruhe, und obwohl Tims rechtsradikale Sprüche ihn genau auf die Art provozierten, wie es offensichtlich beabsichtigt war, fühlte er sich auf irgendeine verquere Weise mit ihm verwandt und, herrje, für ihn verantwortlich. Er hatte sich vorgestellt, einen Einfluss auf den Jungen ausüben, ihn irgendwie in die Spur bringen zu können, aber dann –

»Dann ruft er an und bricht den Kontakt ab und macht völlig dicht, und ich kann nur irgendwas schwafeln von wegen, er soll es sich noch mal überlegen, sich nicht vorschnell Wege verbauen, Brücken abbrechen, ich wäre jederzeit für ihn da, wenn er Hilfe bräuchte, aber das ist natürlich alles an ihm abgeprallt, er hat den souveränen Entscheider gespielt, der alles im Griff hat und ganz gewiss keinen Rat oder Hilfe von mir braucht, von einem *Pfarrer*«, er spuckte das Wort förmlich aus, »und als er sagt, es gibt da für ihn nichts mehr zu reden, es ist beschlossen, und er muss jetzt los, da kann ich nur hilflos wiederholen: jederzeit blabla, und er sagt, klar, also tschüs, und legt auf.«

Nach einigem Hin- und Herüberlegen hatte er Tims Mutter angerufen und die, wie es klang, in irgendeinem geschäftlichen Umfeld erwischt. Sie hörte sich seine besorgte Erklärung an, doch dann blockte sie genauso ab wie ihr Sohn. Mit kühler Höflichkeit gab sie ihm zu verstehen, dass ihr an einer Einmischung seinerseits nichts gelegen war. Er wisse ja, dass weder sie noch ihr Mann in der Kirche waren, und Tims Entscheidung vor zwei Jahren, sich doch noch taufen und konfirmieren zu lassen, nachdem er im Jahr davor gar nicht daran gedacht hatte, war für ihr Gefühl auch schon in erster Linie aus Opposition erfolgt. Sie als Eltern verständen und akzeptierten seine vielleicht nicht immer ganz glücklichen Bemühungen, für sich eine Perspektive zu finden, was ihm als Sohn von Auswärtigen sicher auch schwerer falle als anderen, aber den wechselnden Inhalten könnten sie nun also wirklich kein großes Gewicht beimessen, dem christlichen so wenig wie dem gerade aktuellen nationalistischen. Der Junge probierte einfach Posen aus. Zum Glück litten seine schulischen Leistungen nicht. Das Dümmste aus ihrer Sicht wäre, auf Tims Provokationen einzugehen, sie inhaltlich ernst zu nehmen. Dass er jetzt kurz vor der Konfirmation einen Rückzieher machte und in dem Moment, wo er Farbe bekennen musste, seinen Oppositionsdrang doch lieber anders auslebte, sagte ihrer Meinung nach alles. Und ihre Sache sei es, mit Verlaub, gewiss nicht, ihn zum christlichen Glauben zurückzuführen. Tim sei schon immer launisch gewesen, mit großen Pendelschlägen in seinen Stimmungen, doch sie vertraue darauf, dass er sich mit den Jahren auf ein normales Maß einpendeln werde. Auf Wiederhören.

Hanne hörte ihren Mann am andern Ende schnauben. Er setzte an, über die Mutter zu schimpfen, ihren dämlichen sächsischen Tonfall, brach ab. Die Frau war ihm egal. Diese ganzen jungen Menschen in der Konfirmandengruppe, er hatte ihnen für sein Gefühl so wenig zu geben, so wenig, vielleicht hätte ja jemand anders sie erreichen und einen Samen in sie setzen können, der zu seiner Zeit aufging und gute Frucht trug, aber er nicht, er hatte schlicht keinen Draht zu ihnen, kam nicht an sie heran, war nicht der Typ, der andere, die nicht selbst motiviert waren, künstlich motivieren konnte. Aber Tim, diesen einen, den hätte er erreichen können, erreichen müssen, um ihn hätte er kämpfen müssen, um diese in den Schmutz gefallene, aber im Innersten reine Seele, das wäre seine seelsorgerische Aufgabe gewesen, aber er hatte, wie so oft, den Kopf nur von sich selbst voll gehabt, hatte es verschlafen, hatte nicht gewusst wie, nicht genug nachgedacht, es auf die lange Bank geschoben, hatte versagt.

In das Schweigen hinein atmete Hanne die angehaltene Luft aus. Sie unterdrückte den Impuls, die Kinder vor seinen ewigen ungerechten Verurteilungen in Schutz zu nehmen – und ihn selbst auch! Immer musste er sich und andere heruntermachen. Sie atmete ein, wollte ihm sagen, er dürfe es nicht so eng sehen, der Bub sei doch nicht aus der Welt, vielleicht habe er ihm ja den Samen eingepflanzt, ohne es zu merken, und bleibe für ihn ein inneres Gegenüber, ein lebendiger Widerspruch, an dem er sich im Leben weiter abarbeiten konnte, doch Michael kam ihr zuvor. »Ich hätte dich gebraucht«, sagte er. »Die ganze Zeit schon. Du fehlst mir. Ich fehle mir selbst ohne dich. Ich bin ohne dich nur ein halber Mensch ... Ischa. Das habe ich vielleicht noch nie so stark gefühlt wie in den letzten Wochen.« Da aber war sie nicht da. Aber die vierzehn Tage mit Jonathan und ihren Eltern im Ferienhaus in Südspanien waren lange verabredet gewesen, und sie hatte den Urlaub dringend gebraucht, das wisse er doch. Er ließ sie nicht ausreden. Natürlich wusste er das. Er gönnte es ihr, wirklich. Er hatte es nicht als Vorwurf gemeint. Er meinte nur ... Sie sah ihn die Achseln zucken. Er erzählte ihr von der Konfirmandenfreizeit und dem grausamen Theater um den Turmbau zu Babel. Manchmal frage er sich, ob er in dieser Kirche richtig am Platz war, diesem geistlosen Apparat. Wobei das Theater natürlich erst richtig grausam wurde dadurch, dass er offenbar außerstande war, in so einer Situation zu improvisieren und trotz schwachsinniger Vorgaben einfach mit den Kindern Spaß zu haben und das Beste daraus zu machen. Und was Tim betraf, der Einfluss war da eher andersherum gelaufen, schien ihm; die ganzen Zweifel seiner

Jugend waren wieder in ihm hochgekommen. Bei seinem letzten Auftritt gestern im Konfirmandenunterricht hatte Tim ein Sweatshirt unter der Jacke getragen, mit einem Markennamen – CLONSDAPLE, wie er später herausgekriegt hatte – von dem absichtlich nur das NSDAP zu sehen war, und dabei – Hanne hörte ihn grinsen, sah das typische Schiefwerden des Mundes und des ganzen Oberkörpers, das sie früher so geliebt hatte, immer noch liebte – dabei war ihm so ein Punk-T-Shirt damals '95 bei den Chaostagen eingefallen: vorn drauf COPACABANA, COP und ANA in schwarzer Schrift, aber das ACAB in der Mitte mit Rot farblich abgesetzt, und natürlich wusste jeder, vor allem die Polizei, dass das in der Szene die gängige Abkürzung für »All Cops Are Bastards« war. Ein leises Lachen. »Die gleichen Spielchen wie wir damals«, sagte er.

»Na ja, ›wie wir‹ kannst du nun wirklich nicht sagen«, wandte sie ein. »Mit Punks und Gewalt und Chaos hattest du nie was zu tun. Deine Sache war immer schon etwas anderes.«

Er schwieg eine Weile. »Etwas anderes, hm?«, sagte er schließlich. »Und was? Womit hätte ich denn deiner Meinung nach was zu tun? Mit Konfirmanden anscheinend nicht. Meine Predigten waren auch schon mal besser. Bist du sicher, dass es das überhaupt gibt – meine ›Sache‹?«

Er erwartete keine Antwort. »Was ist los mit dir?«, fragte Hanne. »Es kann doch nicht nur die Sache mit dem Buben sein, die dich so aus dem Lot bringt.«

Er zögerte. »Es war verrückt«, sagte er. »Verrückt.« Er hatte gestern abend in der Konfer urplötzlich das Gefühl gehabt, in einen Abgrund zu blicken. Die ganze glatte Oberfläche der vernünftigen Gedanken und Argumente war auf einmal weg, und darunter klaffte ... der Abgrund. Schwupp, hatte der gähnende Rachen seine ganzen schönen Beispiele und Geschichten von

Fremdheit und Gastlichkeit geschluckt. Weg waren sie. Kein Kunststück, so federleicht, wie sie waren, leicht wie Papier, erfahrungsleer. Ein Happs nur für die dunkle Macht, die im Abgrund wohnte. Ein Ungeheuer wohnte dort, und es hatte Tim vollkommen in den Klauen. Gut, es war irgendwie normal, dass man als Jugendlicher, jedenfalls einer bestimmten Sorte, von dieser Macht beherrscht war, dass man auf dieses Gepanzerte, Feuerspeiende abfuhr ... dieses Drachenhafte. Wieder lachte er leise. Kannte er gut. Aber auf einmal war ihm gewesen, als ob diese Macht überall herrschte, auf sämtlichen gegeneinander verpanzerten und sich gegenseitig anflammenden Seiten, in tausend verschiedenen Formen. Alle dieselbe Macht. Satan ist der Fürst dieser Welt, war ihm da durch den Kopf gezuckt, und er hatte das Wort verstanden, vielleicht zum ersten Mal im Leben wirklich verstanden. Die ganze Diskussion um ihn herum wurde ihm fremd. Er fühlte sich fremd, allem gegenüber, völlig fremd. Dabei sollte es in der Stunde doch genau darum gehen, um die Fremdheit des Menschen unter den Menschen, und wieder traf es ihn wie ein Schock, wie leer seine Beispiele und Geschichten von jeder echten, lebendigen Erfahrung waren, nur wohlmeinende laue Sprüche, und ihm war, als könnte er zum ersten Mal im Leben – ja, schon wieder – wirklich empfinden, was es hieß, in diesem Land, oder überhaupt, fremd zu sein. Die existenzielle Erfahrung der Fremdheit. Jenseits von Aufnahme oder Ablehnung gab es ein tiefes Nichtdazugehören, eine Unmöglichkeit, etwas anderes zu sein als eben fremd. Es war normal, in der Fremde fremd zu sein. Es gab keine bleibende Stadt. Die Fremdheit ließ sich nicht durch guten Willen oder eine korrekte politische Haltung aus der Welt schaffen. Der Fremde wusste nicht, wo er war, er verstand nicht genau, was um ihn herum vorging. Wie sollte er auch? Freundliche Einheimische konnten ihm helfen, sich einzufinden, aber es war Unfug, die

Fremdheit leugnen zu wollen. Die Einheimischen hatten nur die eigene Fremdheit vergessen, sich darin eingerichtet wie in etwas Bekanntem. Der Wunsch nach Nähe musste aber die reale Ferne aushalten, durfte die Mühe der langen und langsamen Annäherung nicht scheuen. Widersprüche und Konflikte waren unvermeidlich. Entwicklungen brauchten Zeit, und sie waren schmerzhaft, für beide Seiten, Einheimische wie Fremde. Beide Seiten irrten sich in vielem, ergingen sich in gegenseitigen Beschuldigungen, gerechten wie ungerechten, redeten viel dummes Zeug, taten dumme Dinge. Und gleichzeitig mit der Einfühlung in die Fremden war ihm auch, als könnte er den Widerstand vieler Einheimischer verstehen, die Angst vor der sogenannten Überfremdung, vor dem Verlust der gewohnten Welt, der Sicherheit und Stärke, die sie verlieh. Niemand machte sie mit der eigenen existenziellen Fremdheit vertraut, am wenigsten seine Kirche. Aber sie war die Wurzel der Mitmenschlichkeit. Sie war das eigentlich Verbindende zwischen den Menschen. Die ganze Haltung, die er bisher vertreten hatte, die seine Kirche vertrat, die meinungsführend war im Land, war nur möglich aufgrund einer Abgeschnittenheit von den eigenen Fremdheitsgefühlen, einem rein vernünftigen Argumentieren, das reale Gefühle verbot. Die Gefühle mussten sich vor der Vernunft rechtfertigen, und da sie das meistens nicht konnten, wurden sie mit einer künstlichen Gutwilligkeit übertüncht, die oberflächlich war und keiner Belastung standhielt. Kein Wunder, wenn darunter die Wut gärte, in der einen oder andern Form, kein Wunder.

Hanne hatte seinen Redeschwall anfangs mit ihren Verstehensgeräuschen begleitet, dann war sie verstummt. Sie verkniff sich die Bemerkung, dass sie solche Reden zur Fremdheit durchaus nicht zum ersten Mal im Leben von ihm hörte. Sein Ton allerdings war anders als sonst, etwas lag darin, das neu war, da hatte er recht;

zumindest seit langem nicht gehört. Aber was? Sie fühlte, wie Angst und Freude in ihr aufstehen wollten, gleich stark. »Michael, worauf willst du hinaus?«, fragte sie.

»Ich weiß es nicht«, sagte er. »Ich weiß es nicht, weiß es nicht, weiß es nicht.« Irgendwie musste er wieder zu einem direkten Empfinden durchkommen, zur Wahrheit seines Menschseins, jenseits des ganzen theologischen und diakonischen Kleisters, den er schon viel zu lange um alles schmierte. Er wurde im Moment von Gedanken und Bildern überschwemmt, wie aus einer verborgenen Quelle. Er wusste nicht, was in ihm vorging. Er sollte den Zeichen folgen, aber wohin? Er lachte. »Es geht schon so weit«, sagte er, kopfschüttelnd, wie es klang, »dass ich gestern abend, als ich nach Hause gehen wollte, in den Wolken am Himmel einen Drachen fliegen gesehen habe.«

3 Ischa. Er wusste genau, wie empfindlich sie an dem Punkt war, und doch konnte er anscheinend nicht anders, er musste immer wieder daran rühren. Das alte Spiel. Sie war der alten Spiele müde – zwischen ihnen, ja, das sowieso, aber inzwischen auch als Theologin. Sie wollte eine frohe Botschaft verkünden, die frisch und direkt und unbelastet war von den dunklen alten Straf- und Rachegeschichten. Menschlich. Eine Botschaft der freien Gotteskindschaft. Nicht dass Michael ihr je widersprochen hätte, wenn sie ihn in früheren Zeiten darauf hinwies, dass die Menschen im ersten Schöpfungsbericht im Bilde Gottes als Mann und Frau erschaffen werden, ehe der Jahwist mit der unsäglichen Rippe ankommt, aus der dem Mannmenschen, hebräisch 'isch, dann die Hilfe 'ischah gebaut wird, die Frau: deshalb könne die Geschichte, recht betrachtet, auch nur als die Aufspaltung des aus dem Erdboden 'adamah geschaffenen und geschlechtlich noch undifferenzierten Erdlings 'adam in seine beiden gleichberechtigten Hälften gelesen werden und nicht als die nachträgliche Erschaffung der untergeordneten Frau nach der Ersterschaffung des übergeordneten Mannes, wie sie auch noch von Paulus behauptet wurde. Doch es war wie ein alter Fettfleck im Kleid: man konnte noch so lange putzen, die dunkle Stelle, die Jahrtausende patriarchalischer Lesung hinterlassen hatten, war von der Geschichte nie ganz herunterzukriegen, und wenn auch niemand sonst den Fleck mehr wahrnahm und äußerlich alles tipptopp war, man selbst merkte ihn durch das viele Reiben und Weg-waschenwollen deutlicher denn je.

Sie war es leid, mit spitzfindigen Auslegungen zu beweisen, dass sie als Frau von Gott gar nicht minderwertig gedacht war. So gern sie es als Studentin gelesen hatte, wenn in der *Schlangenbrut* die wilde Lilith zum Leitstern emanzipierter Weiblichkeit erklärt wurde, so müßig fand sie es heute, den vor tausend Jahren von den Rabbinen karikierten Streit, wer oben liegen durfte und wer unten, Adam oder seine starke erste Frau vor der schwachen Eva, bis zum Sankt-Nimmerleins-Tag fortzuführen. Wozu? Mit Michael war das eh nie ein Thema gewesen. Er lag am liebsten seitlich, ein Bein zwischen ihre Schenkel geschoben, so dass sie beide Bewe-gungsfreiheit hatten und er die Hände frei, wenigstens die Rechte. Diese Hände! Konnten keinen Hammer halten, aber auf ihrer Haut wirkten sie Zeichen und Wunder. In der Schwangerschaft, wo sie ohnehin immerzu wollte, waren Michael und sie schließlich zur Löffelchenstellung übergegangen, die »Motorradposition« hatte er sie grinsend genannt, und wenn seine Hände dabei auf ihrem Körper spielten, die Ohren, den Hals, die Achseln, die Brüste in Verzückung versetzten, über den anschwellenden Bauch strichen, die Schenkelinnenseiten, langsam höher hinauf, höher, da war ihr der dämliche Oben-unten-Streit herzlich egal gewesen, und dass ihr in der Position die passivere Rolle zufiel, hatte sie kaum gestört, eigentlich gar nicht, und später eigentlich auch nicht.

Michael hatte ihr immer zugestimmt, dass er genauso ihr Helfer zu sein hatte, wie sie seine Helferin war, der Gedanke einer Unterordnung der Frau war ihm so fremd wie ihr. Allerdings gab es für ihn einen Unterschied – nie deutlich ausgesprochen, ihm vermutlich gar nicht deutlich bewusst, wenn auch nur zu deutlich in ihm arbeitend – zwischen dem gleichberechtigten alltäglichen

Helfen und Mitsein einerseits und andererseits einer vagen Vorstellung von Mann und Frau als archetypischen Gestalten, deren Verhältnis doch in irgendeiner Weise hierarchisch war, auch wenn er es sicherlich abgestritten hätte. Es gab bei ihm diese Hintertür, durch die sich das leidige alte Oben-unten-Gerangel wieder einschlich, sich zwischen sie schob. Es war fast, als fühlte er sich verpflichtet, auf irgendeiner prinzipiellen Ebene doch ein Patriarch zu sein, so sehr ihm jedes Talent dazu fehlte, verpflichtet, eine Männlichkeit zu leben, die ihm selber rätselhaft war, aber zu der er sich unbedingt irgendwie erheben musste, um ... tja, um vor Gott bestehen zu können, wenn der in der Abendkühle in den Garten kam und ihn fragte: Adam, wo bist du? Aber das hätte er niemals zugegeben.

Aus allen ihren Diskussionen über ein nichtpaulinisches christliches Menschenbild, in dem die Geschlechter ebenbürtig vor ihrem Schöpfer standen, war sie immer mit dem Gefühl hervorgegangen, dass zwischen ihnen Einigkeit herrschte; dass sie gewissermaßen nebeneinander lagen; gelegentlich auch, wenn er ihr in allen Punkten recht gab, dass, hm, ja, dass sie oben lag. Aber die meisten Diskussionen hatte sie angezettelt, weil sie diese unausgesprochene Reserve witterte, diesen unbeugsamen, unausrottbaren Kern einer Männlichkeit, von der sie sich immer angestachelt fühlte, schon bei der leisesten Witterung, angestachelt, dagegen anzugehen, und, ja, auch noch anders angestachelt. Mittlerweile traute sie sich, an die Stelle hinzufühlen, wo dieser Stachel sich ihr ins Fleisch bohrte, das hatte sie gelernt im Laufe des einsamen letzten Jahres, während sie ihn früher schlicht geleugnet hatte. O ja, es war schwer, wider den Stachel zu löcken, aber wenn man den Schmerz einmal gefühlt hatte, wenn man richtig in ihn hineinging, wurde man fast süchtig danach. Viel mehr noch als früher im alltäglichen nahen Umgang ahnte sie in

Michael, in ihm verborgen, ihm selbst verborgen, einen Mann, den sie abwehrte, den sie bekämpfte – und den sie ersehnte. Das Eingeständnis tat weh. Genau so hatte sie sich niemals fühlen wollen. Und jetzt fühlte sie sich so. Es hatte nichts mit Sex zu tun – wiewohl er ihr fehlte, der Mann im Bett, natürlich. Nein, mit Sex hatte es nichts zu tun; jedenfalls nicht viel.

Seufzend erhob sich Hanne vom Sofa und ging ins Bad, um sich bettfertig zu machen. Lieber Gott, hilf mir; hilf uns! Vielleicht, dachte sie, während sie auf der Toilette saß, war es ja diese dunkle, irrationale Männlichkeit, die Michael in diesem Tim ahnte, noch ungebrochen von Erfahrung und Reflexion, und sie erschütterte ihn so sehr und stachelte ihn an, dass er tief in die eigene Vergangenheit eintauchte und sie in dem neuen Licht auf einmal so sah, wie sie in Wirklichkeit nie gewesen war. Wie Hanne die häufig erzählte Geschichte von den Chaostagen kannte, war Michael als Sechzehnjähriger mit einer Ausrede nach Hannover gefahren, weil ihn in dieser Phase einer stillen, aber starken ungerichteten Rebellion »gegen eigentlich alles« die Totalverweigerung anzog, die er bei den Punks aus der Ferne beobachtete, die gelebte Kompromisslosigkeit, die keine großen theoretischen Begründungen nötig hatte, wie er sie für alles brauchte, sondern die sich ohne Rücksicht auf irgendwas einfach auskotzte. Er hatte es sich befreiend vorgestellt, seinen ganzen Widerstand, ja Hass in irgendeiner existenziellen Aktion zu entladen, sei es mit Drogen und Pflastersteinen, die ewige Verdruckstheit abzuschütteln und den Panzer der Bravheit zu zerbrechen, aber im Pulk der saufenden und grölenden Chaoten war beim besten Willen kein Zugehörigkeitsgefühl aufgekommen. Vor allem die krakeelenden Mädchen hatten ihn in ihrer betrunkenen Hemmungslosigkeit tief abgestoßen und nicht im geringsten animiert, zu gar nichts. Das Detail ließ er nie aus, wenn er die Geschichte erzählte. Zunächst hatte er es noch geil gefunden, »Wir wollen keine Bullenschweine« mitzusingen, doch als dann wirklich »Mollies und Steine / gegen Bullenschweine« flogen und die Polizei mit Wasserwerfern und Schlagstöcken antwortete, bekam er es schnell mit der Angst zu tun. Als die Gewalt eskalierte, war er froh, gründlich durchnässt, doch ansonsten heil davonzukommen. Am Gorlebener Gebet teilzunehmen, an politischen Demonstrationen gegen dieses und jenes, das hatte ihm viel eher entsprochen.

Und jetzt sah er auch noch Drachen am Himmel! Sein Phantasieleben übernahm ihn offenbar so vollständig, dass er sein altes Faszinosum in die Wolken projizierte. Hanne beobachtete sich im Spiegel beim Zähneputzen. Ihre Augen sahen müde aus. An die Krähenfüße hatte sie sich gewöhnt. Aber die dunklen Ringe waren neu. Schon als sie sich in Tübingen kennenlernten, war er mit ihr am Georgsbrunnen stehengeblieben und hatte leidenschaftliche Reden darüber gehalten, wie im Bild des Drachens zu allen Zeiten das Andere als unheilbar böse ausgeschlossen und vernichtet werden sollte; es sei an der Zeit, die alten christlichen Verteufelungen zu überwinden und eher verwandelnd zu wirken als zerstörend. Die Re-Visionen der feministischen Theologie, die sie ihm hinterher bis spät in die Nacht entwickelte, soweit sie sie selbst verstand, hatte er aufgesogen wie ein Schwamm. In der Richtung lag echtes Neuland des Denkens, hatte er sich begeistert; der Morgen graute schon, als er sie, überraschend-erwartet, endlich in die Arme nahm und sie zum ersten Mal miteinander schliefen. Hanne strich sich mit der freien Hand über Brust und Bauch, ließ sie ruhen.

Kurz darauf dann seine »Offenbarung« in Erfurt. Sie hatte eigentlich nur nach Naumburg fahren und auf den Spuren ihrer Großeltern wandeln wollen, aber als er Lust zeigte mitzukommen, wurde aus der geplanten Wochenendtour mit der neuen Maschine eine regelrechte Pilgerfahrt zu den großen ostdeutschen Kirchen, und in Erfurt starrte er die Michaelsfigur am rückwärtigen Domportal an wie vom Blitz getroffen. »Sieh doch!«, hatte er gehaucht, wie gebannt vom Anblick des hochaufgerichteten geflügelten Erzengels, der ganz gelassen den zu seinen Füßen liegenden kleinen Teufel mit der Lanze durchbohrte. »Sieh doch!« Da sei sie genau verkörpert, die Haltung, um die es ihm ging: ein klares, souveränes Niederstrecken des Bösen, aber mit ruhiger, milder, fast freundlicher Miene, als würde hier eigentlich ein Gnadenakt geschehen, eine Geste der Erlösung des Ungeistes von der verstockten Bosheit und keine gewalttätige, blutige Vernichtung mit überlegener Waffengewalt ad maiorem Dei gloriam. Konfrontiert mit der Haltung sei der Teufel nur ein armer kleiner Wicht und kein übermächtiger Drache. Fehle bloß noch die nächste Skulptur, die die Verwandlung darstellte, nicht wahr? Wie die wohl aussehen könne? Verträumt nahm Hanne vor dem Spiegel die stolze Haltung an, wie sie ihr in Erinnerung war, fasste mit erhobenen Händen die imaginäre lange Lanze. Michael, sein Namenspatron! Sie hatte ihn nie darauf hingewiesen, dass die Figur offensichtlich – jedenfalls für ihr kunstgeschichtlich geschultes Auge – durchaus nicht mittelalterlichen Ursprungs war, sondern höchstwahrscheinlich erst im neunzehnten Jahrhundert im Zuge von Sanierungsarbeiten entstanden, eine neugotische Arbeit mit aller glatten Ebenmäßigkeit und süßlichen Idealisierung ihrer Zeit. Ihr Blick war seinem deutenden Finger gefolgt, aber in Wirklichkeit hatte sie nur Augen für ihn gehabt, diesen Mann, den sie von Tag zu Tag mehr liebte, so leidenschaftlich, wie sie es von sich gar nicht kannte, wie sie *sich* gar nicht kannte, und sie hatte sich gar nicht sattsehen können daran, wie die Würde und Herrlichkeit des Engels auf ihn überfloss, wie er im warmen Schein der Abendsonne von innen heraus zu leuchten schien.

Sie senkte die Arme, legte die lanzenersetzende Zahnbürste ab und begann sich vor dem Spiegel auszuziehen. Anfangs hatte sie gedacht, es müsste ihm peinlich sein, als Mann hinter ihr auf dem Motorrad zu sitzen, aber ihn hatte es überhaupt nicht gestört, im Gegenteil, er schien es zu genießen, wenn er sich von hinten an sie schmiegen und die Hände auf ihr ruhen lassen konnte, auf dem Bauch, auf den Brüsten, auf den Beinen, mit kleinen Bewegungen hin und wieder, sanftem Drücken, so dass sie durch die dicke Lederjacke die Hitze seiner Hände zu fühlen meinte, die reinsten Hitzestrahlen von diesen großen, weichen Handinnenflächen, und sie die Schenkel um ihre Maschine presste und Mühe hatte, sich aufs Fahren zu konzentrieren. Die verwunderten und spöttischen Blicke, die ihn trafen, wenn sie irgendwo Station machten und abstiegen, prallten an ihm ab. Die gelegentlichen dummen Bemerkungen schien er gar nicht zu hören. Als sie am Schluss in Celle vorbeifuhren, meinte sie zu verstehen, warum: er hatte ein Leben lang dem Blick seines Vaters standgehalten, eines Bundeswehrmajors, und sie hatte es unendlich bewundert, mit welcher wunderbaren Selbstverständlichkeit, welcher entwaffnenden Mischung aus Demut und Stolz er sie seinen Eltern vorstellte als »meine Motorradbraut – ach nein, eigentlich bin ich ja ihr Motorradbräutigam«.

Hanne streifte den BH ab, musterte sich kritisch. Vor Michael hatte sie sich schwergetan mit dem anderen Geschlecht; mit dem eigenen auch: ihre zwei Jahre mit Astrid erschienen ihr rückblickend als ein bittersüßes unreifes Aneinanderklammern, mit dem sie zu zweit trotzig die weibliche Selbstbehauptung gegen die böse Männerwelt proklamierten und sich gegenseitig doch mehr weh taten als wohl. Mehr als einmal hatte sie als junge Frau die Erfahrung gemacht, dass es nichts Wirksameres gab, um Männer in die Flucht zu schlagen, als eine Kombination von christlichem Glauben, Feminismus und Motorradfimmel. Praktisch unmöglich, hinter den Zerrbildern, die jeder sofort bei der Hand hatte, so unterschiedlich sie waren, noch als Mensch wahrgenommen zu werden; als Frau. Und dann, von einem Tag auf den andern, war es mit Michael so, als hätte es nie ein Problem gegeben. Er war der erste Mann, für den sie sich schön machen, den sie verführen wollte und wo sie sich traute, es nicht bei verbotenen heimlichen Gedankenspielen zu belassen, sondern es auch zu tun, so gut sie konnte. Er sah es. Er sah sie. Er wollte, was er sah, ganz, schien ihr, und einmal sah er sie an und sagte, halb singend: »Bei mir bist du schön«, und es war ihm ernst damit. Hanne seufzte. Tja, Frau Pfarrerin, und was bist du jetzt?

Sie schnitt sich im Spiegel eine Grimasse, zog sich das Nachthemd über die Gänsehaut und schaute noch einmal nach Jonathan, bevor sie sich ihrerseits hinlegte. Zehn nach zwölf, sagte die Uhr. Zu spät für sie, wenn ihr kleiner Engel und Teufel gegen sechs zu rumoren anfing. Doch sie war noch zu aufgekratzt, um einzuschlafen. Ihre Gedanken kreisten hartnäckig weiter. Was hatte Michael damals die Spitze abgebrochen? Die alte Frage. Sie hatte es nie verstanden, hatte ihn nie richtig darauf ansprechen können. Dabei kannte sie an dem Punkt, wo dem frühen Erfurter Keim endlich unter großen Qualen das Konzept der Doktorarbeit entsprossen war, seine dunklen Seiten recht gut, hatte mit ihnen zu leben gelernt: die Phasen völliger geistiger und körperlicher Erschlaffung, in denen ihm jedes Bemühen völlig sinnlos vorkam und er sich als unnützeste Existenz unter der Sonne fühlte, fern von Gott, fern von ihr, am Leben gründlich verzweifelt. Damals hatte sie ihm helfen können, einen Weg zurück zu sich selbst, zum Glauben, zum Sinn seines Studiums zu finden. Und als die Idee der Dissertation über die Michaelsgestalt in der Johannesoffenbarung konkrete Züge annahm, da war sie so glücklich gewesen über seine wieder aufgeflammte Begeisterung, über ihren intensiven Austausch, über die, wie sie dachte, tiefe geistige Verbindung zwischen ihnen. Immer ausufernder wurde seine Lektüre, so dass sie den Michaelsbezug kaum mehr erkennen konnte, aber wenn sie seinen glühenden Schilderungen der mythischen Verbindungen des Erzengels mit Apollon und Hermes und der Drachenkampfsagen im alten Babylon und Iran die feministischen Forschungen entgegenhielt, die diese Sagen ganz anders deuteten, dann lauschte er ihr gespannt, las die Bücher, die sie ihm gab, und entwickelte wenig später Ideen, wie das alles in seine Arbeit zu integrieren gedachte. Zusammen unternahmen sie Reisen zu alten Michaelsheiligtümern in Italien und Frankreich, aber nach Istanbul und in die Westtürkei mochte sie ihn im hochschwangeren Zustand nicht mehr begleiten. Er witterte dort ein altes Zentrum religionsgeschichtlicher Verflechtungen, die ihn zu einem ganz neuen Ansatz zwangen, wie er sagte, aber er kehrte von dieser Fahrt merkwürdig matt und verwirrt zurück, und als bald darauf Jonathan zur Welt kam, trat eh erst einmal alles andere in den Hintergrund. Danach fand er irgendwie den Faden nicht wieder. Es war, als wäre er leckgeschlagen und alle Kraft liefe langsam, aber sicher aus. Irgendwann war er leer. Sie schob es zunächst auf die anstrengenden Nächte mit dem Kleinen, der sie keine zwei Stunden am Stück schlafen ließ. Doch das war es nicht. Es war etwas anderes. Er verschloss sich zusehends, wollte nicht reden. Irgendwann gab er die Doktorarbeit auf, erklärte alles, was ihn vorher so sehr bewegt hatte, für müßige Spielerei und Hirnakrobatik, registrierte sich als Pfarranwärter. Er wolle lieber für seine Familie sorgen. Seinen Mann stehen. Tief aufseufzend drehte sich Hanne auf die andere Seite.

Von da an konnte sie zuschauen, wie er in seinem Verhalten fast täglich enger, rigider wurde. Er gab sich verständnisvoll, redete ihr nach dem Mund, aber in Wirklichkeit bewegte er sich keinen Millimeter. Als ihm die Stelle in Treckingen zugeteilt wurde, tat er so, als wäre der Name Michaelsgemeinde ein Zeichen, als könnte er, wenn er sie als Pfarrerin mit ins Spiel brachte, diese einmalige Chance verderben, als würde er damit die Zukunft seiner Familie aufs Spiel setzen. Gewiss, die Berufssituation war prekär, aber so schlimm war sie auch wieder nicht. Die Gemeinde war groß, wenn er ein wenig verhandelt hätte, wäre der Kirchengemeinderat einer Doppelstelle für sie beide vielleicht gar nicht abgeneigt gewesen. Auch eine Renovierung des alten Pfarrhauses hätte bei der Sache herausspringen können, wenigstens eine Senkung der Miete, die trotz des miserablen Standards unverschämt hoch war. Aber nein. Michael machte völlig dicht, auf allen Kanälen, und je lauter und wütender sie wurde, umso eisiger und stiller wurde er. Wozu, meine er, habe sie wohl Theologie studiert, bellte sie ihn an. Wozu? Was? Wozu? Keine Antwort. Sie zogen im Dauerstreit ein und blieben im Dauerstreit, fast ein Jahr. Die Stelle fraß ihn völlig auf, und er wollte sich auffressen lassen. Ihm blieb kaum noch Zeit für sie und den Kleinen. Sie fanden körperlich nicht mehr zueinander. Als er zu bedenken gab, dass ihre Motorradtouren am Wochenende unnötig Aufsehen erregten, war das Maß voll. Statt dass er sich schützend vor sie stellte, wenn die Kleinstadtspießer sie mit scheelen Blicken bedachten, hieß er die Sittenkontrolle seiner Frau auch noch gut! Vor dem Altar der Konvention konnte er alleine beten! In Stammheim suchten sie gerade eine Referentin für Frauenverbandsarbeit, ihre Eltern konnten ihr mit Jonathan helfen, sollte Michael doch allein versauern in seinem Kaff! Sie begriff es nicht als endgültige Trennung, aber so weiterzumachen war ihr unmöglich.

Unmöglich ... möglich. Möglich ... unmöglich. Sie fühlte, wie sie langsam schwer wurde, ihre Atemzüge länger und ruhiger.

Wieder einmal das volle Programm abgearbeitet. Darunter ging es anscheinend nicht. Sie drehte sich auf den Rücken, faltete die Hände. Herr, du mein Gott, sieh ihn an, gib seiner Seele Kraft, hilf ihm, betete sie. Die Wünsche verschwammen ihr. Sie schickte sie zu der Macht hinauf, die ihr auch jetzt, glaubte sie fest, ins Herz blicken konnte. Trotz seines gebeutelten Zustands am Telefon, vielleicht gerade deswegen, hatte sie ihren Mann vorhin wiedererkannt, hatte sie ihn auftauchen sehen wie einen langvermissten Wanderer am fernen Horizont. Den Mann, den sie kannte, den sie wollte, den sie brauchte, der ihrer war. Den Mann, der sie brauchte und der in diesem Brauchen erst lebendig und offen wurde, er selbst. Seine Starre bröckelte, seit einiger Zeit schon. Lass sie weiterbröckeln, Herr! Gib ihn mir wieder! Mehrmals wiederholte sie innerlich den Satz: Gib ihn mir wieder!

Hanne Jehle-Altmann schob sich die gefalteten Hände zwischen die Schenkel und schlief ein.

4 »Liebe Konfirmanden, liebe«, er hielt kurz inne, lächelte, »junge Frauen und Männer!«

Pfarrer Altmann hatte beschlossen, in seiner Konfirmationspredigt die Konfirmanden, und nur die Konfirmanden, direkt anzusprechen und den ganzen Rattenschwanz der Eltern, Großeltern, Patinnen und Paten und der Festgemeinde wegzulassen. Sie alle waren herzlich eingeladen, seinen Worten zu lauschen, doch gerichtet waren sie an die direkt Betroffenen. Und er hatte beschlossen, auf die üblichen »Konfirmandinnen und Konfirmanden« zu verzichten und die Jugendlichen erst gemeinsam nach ihrem Stand an diesem Tag und dann explizit nach ihrem Geschlecht zu nennen. Warum? Er wusste es nicht, doch es kam ihm richtig vor.

»›Der Herr ist mein Hirte, mir wird nichts mangeln.‹ Den Satz kennt ihr alle gut. Ihr wisst, er ist aus dem dreiundzwanzigsten Psalm, den ihr im Konfirmandenunterricht auswendig gelernt habt. Ihr wisst auch, dass unter diesem Hirten Gott zu verstehen ist und dass der Psalm euch aufrufen will zu glauben, dass Gott für euch sorgen wird. Doch wenn ihr das nicht nur als Allgemeinplatz auswendig herunterbetet, sondern in seiner Bedeutung an euch herankommen lasst, wird es schwierig. Für die alleinerziehende Mutter, die von ihrem bisschen Hartz vier jeden Cent dreimal umdreht, klingt das Wort wie der reine Hohn: mir wird nichts mangeln. Für die verfolgten und vertriebenen Christen im Irak klingt das Wort wie der reine Hohn: mir wird nichts mangeln. Auch für den Jungen, der mit seiner Familie in eine andere Stadt ziehen muss und alle seine Freunde, seine ganze vertraute Umgebung verliert, klingt das Wort wie der reine Hohn: mir wird nichts mangeln. Für das Mädchen, das sich zum ersten Mal im Leben verliebt und dann abblitzt, als sie es sich zu zeigen traut, klingt das Wort wie der reine Hohn: mir wird nichts mangeln. Es widerspricht unserer Alltagserfahrung. Im Alltag mangelt es uns unablässig, und oft gerade an dem, was wir am meisten begehren. Genau das aber zeichnet den Glauben aus: er widerspricht der Alltagserfahrung. Das ist in den anderthalb Jahren, die wir mit der Vorbereitung auf diesen Tag gemeinsam verbracht haben, noch nicht richtig zur Sprache gekommen. Im Konfirmationsunterricht habt ihr den Glauben an Jesus Christus nicht als einen Widerspruch zu eurem Alltagsleben kennengelernt, sondern als so etwas wie eine sittliche Richtschnur für dieses Leben. Auf einer Ebene ist er das auch. Heute aber sage ich euch: er widerspricht allem, was die Welt für normal und selbstverständlich hält. Das ist die Konfirmation, die ihr heute von mir erhaltet: eine erste Einweihung in das Geheimnis des Glaubens. Mit ihr wird euch zugemutet, dass ihr diesem Widerspruch einmal ins Auge blickt und ihn aushaltet. Jetzt.«

Altmann sah jedem der Konfirmanden, die ihn ansahen, einen Moment ins Auge, stellvertretend für den Widerspruch quasi. Manche hielten den Blick. Er schwieg eine Weile, dann sagte er der Reihe nach ein paar kurze persönliche Worte dazu, worin er die besondere Stärke eines jeden sah, und er sagte sie aus ehrlichem Herzen. Erst war dieser Teil der Predigt ihm als fragwürdige Pflichtübung erschienen, bald aber hatte er staunend festgestellt, dass ihm bei genauerem Hinsehen tatsächlich an jedem Mädchen und Jungen eine positive Eigenschaft aufleuchtete, ein

Funken der Hoffnung, wie sehr auch vom Schlamm der Finsternis überkrustet. Er nahm seinen Faden wieder auf. »Mir wird nichts mangeln: das heißt nicht, dass alle meine Wünsche im Leben von Gott erfüllt, alle meine Bedürfnisse von ihm gedeckt werden, sondern es heißt, dass alles, dessen ich außer ihm zu bedürfen meine, nichts ist. Alles, woran es mir im Leben zu mangeln scheint, ist nichts. Dass der Herr mein Hirte ist, besagt schon: mir wird nichts mangeln. Mehr braucht es nicht. Damit sind alle Wünsche erfüllt.« Wieder schwieg er eine Weile. »Um aber dieses Wort, das ich euch hier über den Eingang in euer Erwachsenenleben hänge und als äußersten Horizont darüber spanne, um dieses Wort wahrhaft zu begreifen, um es in der eigenen Erfahrung einzuholen, braucht es euer ganzes Leben mit all seinen künftigen Freuden und Leiden, seinen Erfolgen und Enttäuschungen, seinen Höhen und Tiefen. Bald schon werdet ihr diesen Augenblick, diese Einweihung, vergessen haben. Manchmal aber, wenn ihr in einer dunklen Nacht der Seele zum Himmel aufschaut, wird ganz leise die Erinnerung in euch aufklingen, und auf einmal wird das Wort über euch leuchten wie ein ferner heller Leitstern. Danach werden bald wieder die Wolken aufziehen. Ihr werdet euer Leben brauchen, bevor dieses Wort für euch vom Hohn der Wirklichkeit zur Offenbarung der Wahrheit geworden ist.«

Er hatte lange mit sich gerungen, worauf er diese Predigt zuspitzen, welchen Text er nehmen sollte. Zuerst hatte er das Thema Einweihung ganz in den Mittelpunkt stellen wollen, weil er das, was er da tat, gern in dem Sinn begriffen hätte: als ein Übergangsritual, das Jungen und Mädchen zu Männern und Frauen machte, indem es ihnen das Mysterium des Geistes und seines zweigeschlechtlichen Lebens im Fleisch vor Augen führte. So war es wohl in der Antike gewesen, vielleicht heute noch bei manchen Naturvölkern. Vorher waren den Kindern Märchen erzählt und unhinterfragbare Weisungen gegeben worden, nun auf der Schwelle zum Erwachsenwerden wurden diese äußeren Formen in zutiefst aufwühlenden, teils sogar gewalttätigen Übergangsriten zerbrochen, und der wahre Inhalt trat zutage, der die Formen erst sinnvoll und lebendig und wahrhaft lebensbestimmend machte. Es führte aber kein Weg an der Erkenntnis vorbei, dass in der evangelischen Konfirmation nichts dergleichen geschah. Die Jugendlichen wurden religionsmündig und erwarben damit das Recht, sich am wohlgeordneten Betrieb des kirchlichen Gemeindelebens zu beteiligen. Kein Gedanke daran, ihnen mit der Fackel des Geistes, versinnbildlicht gar durch echtes Feuer, ein unauslöschliches Brandmal einzuprägen. Kein Kinderglaube wurde zerbrochen, keine innere Wahrheit offenbar gemacht, im Gegenteil, der äußerliche Kinderglaube sollte gerade mit weihevollen Worten bestätigt werden. Die Konfirmation bezweckte im Grunde die lebenslange Verlängerung des Kinderglaubens an den guten Hirten, der das fromme Schäfchen auf einer grünen Aue weidet und aufpasst, dass die böse Welt ihm nicht wehtut. Unangenehm für die Verlängerer war nur, dass der Kinderglaube in der heutigen Zeit praktisch ausgestorben war. Die ganze Geschichte von Jesus Christus war ein fernes Märchen aus uralter Zeit, dessen aktuelle Bedeutung umso lauter behauptet wurde, je weniger es die in der Wirklichkeit hatte. Gefragt, was es denn zu bedeuten habe, fiel allen nur Moral und Sozialkritik ein. Gab es überhaupt eine Möglichkeit, dieser Geschichte außerhalb der versunkenen Schäfchenwelt noch eine unmittelbare Bedeutung zu geben? Je länger er darüber nachgedacht hatte, umso aussichtsloser war es ihm erschienen. Völlig aussichtslos war auf jeden Fall der Versuch, unter solchen Voraussetzungen eine Konfirmationspredigt zu verfassen.

Während Altmann seinen Konfirmanden erläuterte, dass mit der grünen Aue, dem frischen Wasser und der rechten Straße, auf der sie geführt wurden, die gänzlich alltagsferne innere Wirklichkeit des Paradieses gemeint war und keineswegs das Versprechen, im Leben immer wunschlos glücklich zu sein und überall freie Fahrt zu haben, fühlte er wieder die Frage an sich nagen, woher er das eigentlich wissen wollte. Wenn diese jungen Leute angeblich ihr ganzes Leben brauchten, um die Wahrheit des Psalms zu erkennen, wieso erkannte ihr knapp dreiunddreißig Jahre alter Pfarrer sie dann jetzt schon? Glaubte er selbst, was er da predigte? Oder war er nur mal wieder seinem geliebt-gehassten Paulus aufgesessen, dessen ständiger Mahnung, der Welt zu ersterben? Er sprach über den Zweifel hinweg. Gezweifelt hatte er die letzten Wochen vor diesem Tag genug. Zwischendurch wäre er am liebsten Tims Beispiel gefolgt und hätte die Konfirmation seinerseits abgeblasen. Absurd, sich an die Vorstellung zu klammern, er könnte in diesem Rahmen einen echten geistigen Übergang zelebrieren, es sei denn den aufbruchslosen Übergang von einer Verschlossenheit in die nächste, von der kindlichen Unerwecktheit in die jugendliche Panzerstarre, deren eingeübte Starposen die glitzernden Bilder der erhofften Karriere reflektierten. Seine Veranstaltung kratzte doch kaum an der glatten, harten Oberfläche dieser rundum verspiegelten Leben, sie war nur nostalgische Folklore, die ein kleines gesellschaftliches Zeichen setzte und den schicken Klamotten und Geldgeschenken einen äußeren Anlass und ein bisschen Weihe verlieh. Gewiss, ein paar ernstere, ehrliche Gemüter, meistens Mädchen, ließen sich immer berühren, und sie wurden dann später zu den tragenden Säulen des Gemeindelebens, aber wie sollten tief suchende oder charismatische Menschen in der Schonkost des zeitgenössischen Protestantismus Nahrung finden? Unmöglich. Die zaghaften Stimmen, mit denen im Gottesdienst die alten Kirchenlieder gepiepst und gebrummt wurden, sagten alles, und die neuen Lieder – Ah, wenn er einmal in Fahrt kam, der Herr Pfarrer Altmann, wurde die Liste des Haders lang und länger.

Hanne hatte sich sein Lamento angehört und ihn wieder auf den Teppich geholt, wie nur sie es konnte. Er sollte um Gottes willen als Predigttext etwas Einfaches und Bekanntes nehmen, womit er weder sich noch die Kinder überforderte, hatte sie ihm geraten. Warum nicht den 23. Psalm? Den kannten sie, damit hatten seine Worte einen Bezug, den sie verstanden. Ja, warum nicht? Überzeugend wie immer, ihr Vorschlag. Und kaum ging er darauf ein, eröffneten sich ihm gleich neue Sichten. Ein Segen, wie sie es verstand, pragmatische Auswege zu finden, wenn er sich in seine prinzipiellen Sackgassen verrannt hatte. Ein Segen – und eine Prüfung. Bei aller Dankbarkeit war auch Vorsicht angesagt, denn die Hilfe der Ischa war immer eine zwiespältige Angelegenheit. Die Schöpfungsgeschichte sagte es in einfachen, wahren Bildern: Ohne sie war Adam kein ganzer Mensch, aber als eigenständiges Gegenüber führte sie in Versuchung, qua nackter Existenz sozusagen. Ihr Rat war unmittelbar überzeugend, schmackhaft und nahrhaft wie eine süße reife Frucht, so dass er sich fragte, warum er nicht selbst auf solche einfachen Lösungen kam, warum er immer alles so furchtbar verkomplizieren musste. Aber die Kompliziertheit, in die er sich verstrickte, und die Verzweiflung, in die er darüber stürzte, sie waren nicht nur ein Wahn, sie waren auch ein Zeichen – ein Zeichen für ... für etwas, das ungelöst war, vielleicht unlösbar, vielleicht nur still zu ertragen. Eine Grundgebrechlichkeit, Grundgebrochenheit, Grund...sündhaftigkeit des Lebens, die er über der Klarheit und Klugheit ihrer Lösungsvorschläge gern vergaß. Das Leben könnte so leicht sein! Aber es war nicht leicht, es war ... kompliziert.

Umgekehrt war es ähnlich; glaubte er. Auch er hatte ihr mehr als einmal beigestanden, wenn sie mit der »verknöcherten Männerkirche« die Geduld verlor und über das patriarchale Gottesbild schimpfte, die einseitige Vaterfigur, aus der alles Weibliche, alles Mütterliche exorziert war, obwohl es genauso zum Göttlichen gehörte wie die andere Seite. Hin und wieder hatte er praktische Tipps gehabt, wie sie etwa im Vikariat dem Gottesdienst auf unauffällige Art einen anderen Akzent verlieh und mit welcher theologischen Argumentation sie ihren Mentor eher für sich einnahm als gegen sich, vor allem aber war er ihr dadurch eine Hilfe gewesen, dass er als ihr Isch einen männlichen Pol verkörperte, zu dem sie in eine fruchtbare Spannung treten konnte statt in zersetzenden Streit. Mit seinem einfachen Sein als Mann rief er sie dazu auf, sie selbst zu sein, Frau. Wie sie ihren weiblichen Pol dann ausbildete, war allein ihre Sache – und im andern Fall seine, wie er seinen – aber wichtig war, dass die Polung erfolgte, dass sie beide die Gegensatzspannung zwischen sich herstellten, dass ein Pol dem andern den Stand hielt, ihm nicht erlag. Wobei er für die Gefahr des Erliegens deutlich anfälliger war als sie. Gerade in Zeiten, wo er das beklemmende Gefühl hatte, ihr als Mann nicht standhalten zu können, und sich zum Selbstschutz gegen sie verschloss, wie in der ersten Zeit in Treckingen, wurde die Helferin für ihn zur Versucherin. Auf einer tieferen Ebene war er in solchen Zeiten für sie unerreichbar, warum auch immer, und wie zur Entschuldigung gab er ihr äußerlich nach und machte sich mit unkritischer Feigheit ihre Sicht zu eigen, oder was er dafür hielt, obwohl sie seinem Empfinden gar nicht entsprach. Er trampelte über sein eigenes Empfinden hinweg und erlag eifrig der Versuchung, vor deren Realität er krampfhaft die Augen verschloss. Er war kein Mann mehr, kein Gegenpol für sie, und je mehr sie bei ihm ins Leere lief, umso eifriger lief er hinter ihr her. Ins Leere.

Der absurdeste Fall war wohl die Predigt gewesen, die er voriges Jahr zu Invokavit gehalten hatte, bezeichenderweise über die Sündenfallgeschichte. Schon als Junge im Religionsunterricht war ihm die Sünde Evas, die auf die Überredungskünste der Schlange hereinfiel, kleiner erschienen als die Adams, der dumm und stumm dabeistand wie der letzte Horst und einfach fraß, was ihm in die Hand gedrückt wurde. Und obwohl sich dieses peinliche Gefühl von da an bei jeder Berührung mit dem Text unweigerlich wieder einstellte, hatte er der Geschichte unbedingt eine andere Wendung geben wollen, vielleicht um ein Versöhnungszeichen zu setzen, irgendwie Entgegenkommen zu signalisieren. Er wusste es nicht. Jedenfalls hatte er sich die intensiven Diskussionen im Studium ins Gedächtnis gerufen, in Hannes alten Büchern geblättert und am Sonntag eine Auslegung vorgetragen, die die angelesene Frauensicht möglichst brav nachbetete.

Wie war es zu beurteilen, hatte er seine Gemeinde rhetorisch gefragt, dass Eva der Schlange Glauben schenkte? Ihr werdet sein wie Gott, wenn ihr vom Baum der Erkenntnis esst, hatte die versprochen. Eva verstieß damit gegen Gottes explizites Verbot, allerdings, aber wenn man einem Kind sagte: Tu das nicht!, dann war das doch die Garantie dafür, dass es genau das tat, nicht wahr? Konnte man wirklich annehmen, dass Gott das nicht wusste? Dass er implizit nicht ein ganz anderes Ziel verfolgte? War nicht vielmehr davon auszugehen, dass er das Verbot überhaupt nur zum Zweck der Übertretung aufstellte? Dass er dem Menschen das gefährliche Gut der Entscheidungsfreiheit, mit dem er ihn über die Engel erhöhte, bewusst machen wollte? Erst durch die Freiheit, selbst zu entscheiden, selbst zwischen Gut und Böse zu wählen, wurde der Mensch zum Menschen, und zur Freiheit gehörte die Erfahrung des Irrtums und die Chance, den Irrtum zu berichtigen und aus eigener Erkenntnis auf den gottgewollten Weg zurückzukehren. Dafür musste er dem paradiesischen Kindergarten entwachsen und den Schritt in die Erwachsenenwelt tun, mit allen harten Konsequenzen.

Unter diesen theologisch höchst fragwürdigen Voraussetzungen schrieb Altmann nun Eva das Verdienst zu, mit ihrem Wissensdurst und Freiheitsdrang den Weg ins mündige Menschenleben gewiesen und ihn als »Mutter des Lebens« mutig und verantwortungsvoll als Erste beschritten zu haben, und die Schlange erklärte er zum alten Symbol der gottweiblichen Weisheit, versinnbildlichte sie doch schon mit ihrer Form den ewigen Kreislauf des Lebens und die Kraft der Natur und den Zyklus der Frau. Und während er so vor lauter naturgläubiger »Lebensbejahung« praktisch leugnete, dass es überhaupt so etwas wie einen Sündenfall, ja wie Sünde gab, erlag er selbst der Versuchung, die er so wortreich bestritt, übernahm er die weibliche Sichtweise, die ihrerseits der Sichtweise der Schlange folgte. Damit wiederholte sich an ihm die ewige alte Geschichte, dass die weibliche Seite des Menschen Gott vergaß und die in der Schlange verkörperte Naturkraft anbetete und dass die männliche Seite ihrer Entscheidung gehorchte, womit sich gewissermaßen die Pole verkehrten. Der passive weibliche Pol schaltete mit seinem verselbständigten Eigenwillen den zuvor bestimmenden einigen Willen des aktiven männlichen Pols aus, und indem Adam dies geschehen ließ und seiner Frau passiv folgte, verlor er seine Männlichkeit und machte sich doppelt schuldig, dreifach: an ihr, an sich selbst, an Gott. Und zu allem Überfluss bestrafte er Eva jahrtausendelang für die gemeinsame Sünde und verfolgte sie aus uneingestandener Scham über das eigene Versagen, statt dass er wieder zum Mann wurde und ihr erlösend voranging. Hanne fand hinterher die Predigt »so na ja«, hatte aber keine Lust, darüber zu reden; das machte die Scham nicht geringer.

Nie wieder! Nie wieder wollte er derart den eigenen Halt und Stand verlieren. Es war gut und recht, wenn er auf den Rat seiner

Frau hin die Konfirmationspredigt umkonzipierte, wenn er sich zu den Menschen hinbegab, zu denen er sprechen wollte, statt sich über sie zu erheben, aber das Zentrum musste ein Kern der Wahrheit bilden, seiner eigenen Wahrheit. Sie war das Einzige, was er zu geben hatte. Der Anspruch konnte nicht sein, dass alles bei allen glatt runterging. Sie durften durchaus etwas zu kauen kriegen, gerade an so einem Tag. Und nachdem er seine Konfirmanden darauf hingewiesen hatte, dass im vierten Vers der Sprecher plötzlich in das »finstere Tal« versetzt ist und nun den guten Hirten, der ihn führt und tröstet und wie einen hohen Gast bewirtet und salbt, direkt mit »du« anspricht, stellte er darum einen Punkt heraus, den man, sagte er, leicht übersah. Im Psalm sprach gewissermaßen das einzelne Schaf von seinem Verhältnis zum Hirten, der gute Hirte seinerseits aber hatte immer die ganze Herde im Auge, wie Jesus es im Gleichnis vom verlorenen Schaf deutlich machte. Er ließ es nicht zu, dass ein einziges Schaf verlorenging, und wenn er hundert Schafe hatte und eines davon sich verirrte, so suchte er so lange, bis er es gefunden hatte, und freute sich mehr darüber als über die neunundneunzig nicht verirrten, die folgsam auf der Weide geblieben waren, »im Hause des Herrn«. Das Haus des Herrn, in dem wir blieben immerdar, stand mitten im finstern Tal, in der »Todesschattenschlucht«, wie es in einer anderen Übersetzung hieß, und der Tisch, an dem wir königlich bewirtet wurden, stand im Angesicht der Feinde. Wenn die Feinde zeitweilig zu triumphieren schienen, dann klagte das Schaf in seiner Not wie im 22. Psalm unmittelbar davor: »Mein Gott, mein Gott, warum hast du mich verlassen?« Dann war es in der Todesschattenschlucht verirrt und musste gerettet werden. Dann war es den Feinden zum Opfer gefallen, und diese Feinde waren keine andersdenkenden, andersglaubenden Menschen, sondern die täuschenden Schatten des Todes, die in unserer eigenen geistigen

Verwirrung vor die Sonne des Lebens zogen und die in uns selbst zu suchen und zu bekämpfen waren, nicht in anderen.

Pfarrer Altmann ließ seinen Blick über die Reihe der Konfirmanden schweifen. »Wir haben vor kurzem einen aus unserer Herde verloren. Tim.« Er sah bei dem Namen Leonie an, und die wurde rot und senkte den Blick. »Tim hat beschlossen, sich nicht konfirmieren und taufen zu lassen, er hat sich von unserer Gruppe und unserer Kirche abgewandt. Er fühlt sich aufgerufen, gegen die Feinde in der Todesschattenschlucht zu kämpfen, aber in der politischen Verblendung, der er erlegen ist, hält er diese Feinde für ausländische Flüchtlinge und Zuwanderer, die ihm den eigenen Weidegrund zu bedrohen scheinen, und für all diejenigen Einheimischen, die diesen Fremden einen Platz in unserem Land und eine Lebensmöglichkeit geben möchten. Indem er die Feinde veräußerlicht, bauscht er sie zu einem riesigen Popanz auf, gegen den er zu Felde ziehen muss, und wie immer gleicht sich der äußere Kämpfer in seinem Hass dem Bild des Bösen an, das er zu bekämpfen meint. Die Schatten des Todes legen sich über ihn und verschlingen ihn wie ein dunkles Ungeheuer, wie ein übermächtiger Drache. Er ist ganz und gar in der Schlucht verirrt. Vom Abgrund verschlungen. Aber auch wenn er Jesus aufgeben will, Jesus gibt ihn nicht auf. Er sucht ihn und geht ihm nach, bis er ihn gefunden hat. Er sucht ihn aber nicht, um mit ihm politisch zu argumentieren und zu einer anderen Meinung zu bekehren, mit der die Mehrheit heute vielleicht konform geht, während sie früher vielleicht eher mit Tims Meinung konform ging. Er sucht ihn, um ihm zu vergeben und ihn anzunehmen, wie er ist. Die grüne Aue, auf die er ihn holt, liegt jenseits aller politischen Grabenkämpfe und Stellungsgefechte. Dort gibt es kein links und rechts. Dort sind wir in Wahrheit verbunden als ein einiger Leib Christi. Viele glauben, mit der richtigen Mainstream-Meinung machten sie sich bei Jesus lieb Kind. So als wäre die richtige Meinung eine Art Sündenablass. Sie ist aber die Sünde selbst, wenn sie uns verführt, die Trennungen zu übernehmen, die uns die Welt aufzwingen will. Mit ihnen erliegen wir den Todesschatten. Die Schlucht aber verwandelt sich zum Haus des Herrn, wenn wir an unserer ursprünglichen Einigkeit festhalten und uns nicht auf die falschen Schlachtfelder verirren. Das einzig wahre Schlachtfeld liegt innen. Auf ihm kämpfen wir auch um Tim. Er gehört weiter zu unserer inneren Gemeinde, auch wenn alle Meinungen der Welt dagegen sprechen, und soll bleiben mit uns im Hause des Herrn immerdar. Amen.«

5 Auf der schlanken Säule zwischen den beiden Türflügeln die hohe Gestalt des Engels: erhaben aufgerichtet und mild zugeneigt zugleich. Unter dem faltenreichen langen Gewand und dem weiten Umhang, der locker über die Schultern floss und dabei doch die feingefiederten starken, zarten Flügel irgendwie freiließ, die Gestalt beinahe weiblich in der Wölbung der Brust, der Breite des Beckens. Auch das ruhig und klar niederblickende Gesicht mit den langen Lockenhaaren und dem über der Stirn aufragenden kleinen Kreuz von einer weiblichen Milde erfüllt. Weich die Züge. Und in eins damit die kraftvoll geführte Lanze und der sicher gesetzte rechte Fuß, das Knie leicht angewinkelt, auf dem Unterleib des kleinen Teufels mit den zwei (wohl erst später) abgebrochenen Hörnern über der Stirn. Einhorn und Zweihorn. Abgebrochen auch seine Flügel. Der niedergeworfene Feind lag auf dem Säulensockel, fast entspannt auf den linken Ellbogen gestützt, den Oberkörper halb aufgerichtet, und fasste mit der Rechten seinerseits die Lanze, die ihm in die magere Brust stieß, aber vom Gestus her durchaus nicht abwehrend, sondern als wollte er den Stoß mitführen und selbst dafür sorgen, dass dieser auch ganz gewiss tödlich traf. Eigenartig der Gesichtsausdruck.

Altmann griff zur Lupe, doch obwohl er dieses Detail bestimmt schon hundertmal vergrößert studiert hatte, war keine letzte Klarheit zu gewinnen, vielleicht wegen der Profilansicht, vielleicht überhaupt. Nicht wut- oder schmerzverzerrt der Blick aus der Perspektive, wie auf ähnlichen Darstellungen häufig zu sehen, sondern irgendwie einwilligend, erwartungsvoll gehoben, als ersehnte der endlich bezwungene Teufel die Erlösung von der eigenen Ungeheuerlichkeit; oder, wenn man die jüdisch anmutende Hakennase zeitgenössisch interpretierte, als begrüßte das unterlegene Judentum zuletzt doch den Triumph des Christentums, als wollte es sich an der tödlichen Lanze zu der siegreichen Kraft emporziehen und sich zu Christus bekehren, wozu auch das Psalmzitat auf der Tür passte, das Gottes Sieg über die Heiden und die Einsetzung seines Sohnes als König auf dem heiligen Berg Zion feierte: »Ego autem constitutus sum rex ...« Immer trübten zeitgeistige Hakennasen auch das schönste überirdische Bild. Ewiges Erdenlos. Altmann seufzte. An Sünden, die der Vergebung bedurften, war niemals Mangel.

Eines aber sah er deutlicher als früher – er legte die Lupe beiseite und strich zärtlich über die gerahmte Fotografie, stellte sie wieder an ihren Fensterplatz – und das war die Göttlichkeit des Engels. Beide Epiphanien der Gottheit wurden an ihm sichtbar, das Aufgerichtete, das man auch das Männliche, und das sich Neigende, das man das Weibliche nannte, und beide gewannen nur in der Bezogenheit aufeinander Gestalt. Die wahre Zuneigung war innerlich von einer unbeugsamen Geradheit, die sich in keiner Weise verbog, weder einknickend noch herablassend, sondern als Lebenssonne alles zu sich heranzog; und die wahre Unbeugsamkeit richtete sich auf aus reiner innerer Neigung zu dem, was sich noch haltlos am Boden krümmte oder unaufgerichtet schwankte. Das Wort Androgyn gebrauchte er ungern, weil die Phantasie sich dabei vorzugsweise die Sexualcharaktere in irgendeinem aufregenden Transgendermix vorstellte und weniger die einige Zwiegestalt des Geistes. Die Übersetzung ins Körperliche, die der mittelalterliche Steinkünstler dieser Zweieinheit am hinteren Domportal gegeben hatte, machte auf meisterhafte Weise anschaulich, wie männliche und weibliche Haltung sich vollkommen durchdrangen. Es gab nicht den Hauch eines Streits um die Vorherrschaft der einen Geschlechtseigenschaft gegen die andere. Man ahnte unter dem alles verhüllenden Gewand die Einheit von Adam und Eva vor ihrer irdischen Trennung, und man ahnte zugleich, dass das Gewand selbst nur ein Zeichen war, ein Zeichen dafür, dass es gar nichts verhüllte, weil alles, was es darunter zu sehen geben könnte, schon in der Beugung des Knies, dem Schließen der Finger und der Neigung des Kopfes vollständig dargestellt war. Das auf den ersten Blick maßgebend handelnde Männliche dominierte das hintergründig prägende Weibliche in keiner Weise, sondern floss bei genauerem Hinsehen in jeder Einzelheit in dessen größere Milde über, und das Weibliche fiel dem Männlichen nicht in den Arm, um es von seinem kriegerischen Vorsatz abzubringen und ihm um des lieben Friedens willen die Lanze zu entwinden, sondern die Lanze wurde selbst als emporweisendes göttliches Friedenszeichen aufgerichtet, das der seufzenden Kreatur die Erlösung brachte: die ganze Gestalt war in ihrem männlichen Tun durch und durch von weiblicher Barmherzigkeit durchstrahlt.

Geahnt hatte er es sofort, als bei der Dombesichtigung mit Hanne vor Jahren sein Blick auf den Engel fiel, auch wenn ihm da noch die Worte gefehlt hatten und mit den Worten die genaue Wahrnehmung. Aber dass in der Haltung dieser Gestalt etwas zusammenging, was bei ihm zeitlebens auseinanderfiel, das hätte er gar nicht deutlicher gezeigt bekommen können. Er kannte ja durchaus beide Seiten, kannte sie von Jugend an, nur eben in der getrennten, verselbständigten Form als Erstarrung und Verhärtung einerseits und weichliches Einknicken andererseits. Auflehnung und Gehorsam forderten beide in ihm ihr Recht, und es gelang ihm weder, sich für den einen Impuls und gegen den anderen zu entscheiden, noch, sie in ein gedeihliches Gleichgewicht zu bringen. Wie zugleich Ja und Nein sagen, war damals seine Frage gewesen, auf eine Formel gebracht. Er war hin und her gerissen. Einerseits gab es diese Momente eines inneren Friedens, wo er fest an die Gottgewolltheit allen Seins glaubte und nichts lieber wollte als sich einfügen, unterordnen, und andererseits empfand er die schreiende Ungerechtigkeit der äußeren Verhältnisse wieder und wieder als einen Schlag ins Gesicht, der eine radikale Erwiderung verlangte, nicht das Hinhalten der andern Backe, nein, einen vernichtenden Gegenschlag, einen »Tag des Gerichts« über die ganze verfluchte Wohlstandsgesellschaft.

Wie aber sollte dieser radikale Schlag geführt werden? Zeitweise spielte er mit dem Gedanken, zum Katholizismus zu konvertieren und sich dem erzkonservativen Opus Dei anzuschließen, das mit strengen Normen, Bußübungen und Selbstkasteiungen die Sündhaftigkeit der Welt kompromisslos am eigenen Leib bekämpfte, dann wieder lockte es ihn, nach dem Vorbild der Punks aus allen gesellschaftlichen Zusammenhängen auszusteigen, sämtliche verinnerlichten Zwänge abzuschütteln, sich rückhaltlos gehen zu lassen, enthemmt im Dreck zu vertieren. Aber letztlich war er doch immer zu lieb und zahm für solche heimlich ausgemalten Extreme, zu scheißbrav, wie seine ganze Generation in der überwiegenden Mehrheit, ohne wirklichen Mut zum entscheidenden Handeln. Eine Weile meinte er, seinen Weg im politischen Engagement gefunden zu haben, aber sein wütender Protest gegen den Bundeswehreinsatz in Bosnien stürzte ihn hinterher in einen Zwiespalt, der ihm politisch unauflösbar erschien. Mit den besten Absichten und friedfertigster Logik hatte er argumentiert, dass die nichtmilitärischen Möglichkeiten in der Konfliktsituation bei weitem noch nicht ausgereizt waren, dass militärische Einsätze kein normales Mittel der Außenpolitik werden durften, dass die

Gefahr einer weiteren Eskalation und des Hineinschlitterns in einen Krieg drohte, und als Srebrenica langsam ins öffentliche und in sein persönliches Bewusstsein drang, hatte er seinem Vater nichts entgegnen können, der ihm lapidar vorhielt, sein ach so edles pazifistisches Eintreten gegen Gewalt laufe in der Konsequenz auf ein passives Zuschauen beim Völkermord hinaus. Auf welcher Seite lag die größere Schuld? Ohne Herrn Eltze, der nach der Schule stundenlang mit ihm und ein paar anderen über falsche Eindeutigkeiten und Verantwortung vor Gott und den Menschen diskutiert hatte, wäre er völlig im Sumpf der Zweifel und Selbstvorwürfe untergegangen. Dass dieser junge Religionsreferendar sie in seinem alten VW-Bus nach Gorleben mitnahm und ihnen überhaupt einen freiheitlichen Glauben vorlebte, »unter keine Fuchtel geduckt«, ohne sich von den Kirchenoberen und der Celler Bürgerschaft kleinkriegen zu lassen, öffnete dem suchenden Michael erst die Hintertür, durch die er zur Kirche und schließlich zum Theologiestudium fand.

Das Aufgehen der Gartenpforte riss ihn aus seinen Erinnerungen. Altmann schaute zum Fenster hinaus und sah in der Dämmerung seine Frau durch den Pfarrgarten kommen, dem es genauso gut tat wie ihm, dass sie wieder da war. Er sah, wie sie sich vor der Rosenrabatte am Weg bückte, etwas ausrupfte, schaute, abermals rupfte, aufstand, schaute. Ihr schweifender Blick ging zum Haus, und sie hob den Kopf, sah ihn im Lampenschein am Schreibtisch sitzen, winkte. Er winkte zurück. Dankbarkeit durchströmte ihn, für ihre Rückkehr, für ihre Existenz. Dass Hanne seine Frau war, hatte er nie bezweifelt, einerlei wie starr und abweisend er sich in seiner hilflosen Dummheit ihr gegenüber verhalten hatte. Einen Moment lang stand sie in seiner Blickbahn genau neben dem Michaelsfoto, bevor sie weiterschlenderte und dahinter verschwand, als ginge sie in der Erscheinung des Erzengels auf. Er streckte den Hals, um sie auf ihrer abendlichen Runde zu betrachten, die schlanke Gestalt mit dem Birnenbusen über den eher schmalen Hüften, die seinem Frauenbild anfangs so wenig entsprochen hatte wie die kurzen Haare, der schlaksige Gang und die weiche schwäbische Sprachfärbung und die ihm dann nach kürzester Zeit so vertraut und so schön geworden war, dass er sie kaum mit einem flüchtigen Blick streifen konnte, ohne reflexhaft innerlich ja zu sagen: ja, das ist sie. Er empfand sie nicht als knabenhaft, zumal mit den runderen Formen, die ihr von der Schwangerschaft geblieben waren, und doch war es wohl so, dass die Anziehung, die sie auf ihn ausübte, nicht zuletzt in ihrer ... Uneinseitigkeit lag. Vielleicht gewann er erst jetzt einen wachen Sinn dafür, auch wenn er es sicher schon dunkel gefühlt hatte. Es war etwas Inneres, nichts Anatomisches. Von Frauen, die er früher gekannt hatte, unterschied sie sich für sein Gefühl darin, dass ihre gelebte Weiblichkeit selbst von der Ahnung des Männlichen durchschwungen war. Der Feminismus, schien ihm, war für sie gerade keine Behauptung der einen Halbheit gegen die andere, wie er oft verstanden wurde, von Männern wie von Frauen, sondern ... etwas anderes. Er beugte sich vor, als er sie hinter der Schuppenecke aus den Augen verlor, doch sie blieb verschwunden.

Altmann lehnte sich zurück, schloss die Augen. Die paar Beziehungen, die er vor Hanne gehabt hatte, waren ihm über kurz oder lang zu mühselig geworden, weil die fremde Frauenwelt, die ihm in den Mädchen begegnete, ihn zwar faszinierte und reizte, ihn aber bei allem weichen Entgegenkommen, allem Kuscheln und Liebhaben, doch eisern aussperrte, nicht ins Innerste einlud, keinen tieferen Austausch erlaubte. Außer Sex. Den er nicht geringschätzte, ganz und gar nicht, aber auch die körperliche Liebe hatte mit Hanne sehr bald eine andere Qualität gewonnen, hatte Seiten in ihm ans Licht gebracht, die ihn selbst erstaunten.

Seine erste und immer noch stärkste Erinnerung in der Beziehung war der gemeinsame Erfurtbesuch damals. Ein Lächeln stahl sich in seine Mundwinkel, als er an die Nacht auf dem Campingplatz zurückdachte. Sie waren relativ früh in ihr Zelt gekrochen und hatten, da um sie herum noch Leben war, ihr Liebesspiel ganz sachte und leise begonnen. Langsam war er in sie hineingeglitten, und sie hatten einfach nur zusammengelegen, sich gehalten, sich gespürt, gespürt, wie das nahezu Lautlose und Regungslose dieser Liebe immer intensiver wurde, immer berauschender, die Vereinigung immer inniger, einiger, mächtiger, wie sich immer neue Höhen des Glücks und Tiefen unsagbarer Erkenntnis eröffneten, ohne dass sie viel mehr taten als gefühlte Stunden lang still miteinander zu verschmelzen und sich hin und wieder gegenseitig den Mund mit Küssen zu verschließen, wenn er vor lauter Fülle des Herzens und der Lenden doch einmal übergehen wollte. Fast lautlos dann auch das letzte gemeinsame Aufgipfeln und doch so stark, dass von der schieren Energie, die in dem Moment frei wurde, das Zelt fortzufliegen drohte. So hatte er es ihr hinterher versichert, und sie hatte ihn wie zur Besiegelung geküsst. Als ihm im Überschwang das Wort vom »wahren Gottesdienst«, den sie da gefeiert hätten, über die Lippen kam, hatte sie ihn angesehen und Tränen in den Augen gehabt.

»Na, führt mein Held wieder das Schwert des Geistes?«, sagte Hanne, als sie zu ihm ins Arbeitszimmer trat. Sie wuschelte ihm durch die Haare und guckte ihm über die Schulter. »Welcher Widersacher wird denn gerade bezwungen, wenn ich fragen darf?«

Unwillkürlich hielt er die Hände schützend vor den Bildschirm, bevor er sich besann und sie sinken ließ. »Wechoschech al pene tehom.« Er zuckte die Achseln.

»Jehi or!« Sie fasste zärtlich seinen Hinterkopf und gab ihm einen Kuss. Dann trat sie zurück und ließ sich in den Besuchersessel sinken. War es mit Jonathan heute abend besser gegangen? Sie gähnte. Altmann erzählte, dass er wieder *Frederick* hatte vorlesen müssen und dass sie anschließend noch eine ganze Weile zusammen darüber nachgedacht hatten, wie man das wohl machte, Sommerfarben sammeln, um im Winter davon zu zehren. Danach war der Kleine friedlich eingeschlafen. Allmählich gewöhnte er sich daran, dass er jetzt meistens vom Papa ins Bett gebracht wurde, und der Papa, er grinste, genoss es auch. Und ihre Kirchenvorstandssitzung? Die erste, die sie allein bestritten hatte. War es gegangen? Hanne winkte ab. Morgen. Sie gähnte abermals, stand auf. Sie war hundemüde. Sie wollte unten noch ein bisschen Musik hören und dann ins Bett gehen. Er werde wahrscheinlich noch länger mit der Finsternis auf der Tiefe ringen, oder? Ja, davon ging er aus.

Er sah ihr nach. Noch ein Grund, dankbar zu sein. Die ganze kirchliche Gremienarbeit, für die sie den nötigen Pragmatismus mitbrachte, war nie seine Sache gewesen. Vieles, was zum Pfarramt gehörte, war nicht seine Sache. Dabei war er noch gar nicht wirklich entschieden gewesen, als er die Idee im vorigen Jahr erstmals aussprach. Hanne war zu seiner großen Freude zum Konfirmationsgottesdienst gekommen und hatte seine Predigt »im Prinzip ganz gut, aber ein bisschen too much« gefunden, und als sie sich gegen Abend noch über ein paar Einzelheiten und Kritikpunkte unterhielten, hatte er sich ein Herz gefasst. »Bitte bleib heute nacht«, hatte er geflüstert. Und: »Bitte komm zu mir zurück.« Die erste Bitte hatte sie abgeschlagen, ohne sich seiner Hand zu entziehen, und als sie zur zweiten mit ihren »nicht zuletzt ganz praktischen« Bedenken anfing, war er damit herausgeplatzt: Wie wär's, wenn sie die Stelle übernähme? Der Abbruch seiner Dissertation damals und die ganze Art, wie er seine Anstellung betrieben hatte, ohne diesen Schritt, und was er für sie beide hieß, mit ihr abzusprechen, sei ein riesengroßer Fehler gewesen. Er wisse gar nicht, was in ihn gefahren war, er sei in der Zeit ein regelrechter Glaubensvollzugsbeamter geworden, völlig in Konvention und Pflichterfüllung erstarrt. Sie wandte ein, dass er seinen Weg als Seelsorger schon noch gehen würde, sein Weg zu den Menschen sei nur länger als der manch anderer, umwegiger. Dafür werde er ihnen eines Tages umso mehr zu geben haben. Schon möglich. Voraussetzung war aber – das war ihm in den letzten Wochen immer deutlicher bewusst geworden – dass er dem Wink folgte, den das Schicksal ihm gegeben hatte, als es ihn in einer absoluten Alltagssituation ganz unmittelbar mit der Drachenmacht konfrontierte. Als ob es ihn auffordern wollte, sich dem Kampf zu stellen, für sich zu klären, wie er zu führen war. Genau um diese Klärungsarbeit war es ihm seinerzeit bei der Doktorarbeit eigentlich vor allem gegangen. Er musste wieder dort anknüpfen. Bei seinem alten Professor hatte er schon mal vorgefühlt: der wäre einverstanden. Und im übrigen war sie als Seele und Leiterin einer Kirchengemeinde so oder so geeigneter als er. Der Meinung schien auch Dekan Schwarz zu sein, als sie ihm den Vorschlag unterbreiteten und Altmann auf die Belastung zu sprechen kam, die das aufgegebene Schreibprojekt für seinen geistlichen Weg bedeute. Schwarz nickte. Die Last sei ihm anzumerken gewesen, gerade am Anfang; mitunter habe er in seinen Predigten nicht so recht zu einem zeitgemäßen Ton gefunden; dass seine Frau durch ihre direkte und doch verbindliche Art einen guten Draht zu den Gemeindemitgliedern bekommen würde, wenn einmal die letzten Vorurteile ausgeräumt waren, könne er sich gut vorstellen. Ja, er war bereit, ihnen in ihrer speziellen Situation entgegenzukommen. Tatsächlich gelang es ihm, den Kirchengemeinderat zu überzeugen, und schließlich wurde der Wechsel zum nächsten Frühjahr beschlossen. Bis jetzt hatte keiner der Beteiligten Anlass gehabt, den Beschluss zu bereuen.

Altmann richtete den Blick wieder auf die Zettelwirtschaft um den Mac, die von seinen Versuchen vor vier Jahren zeugte, die geistesgeschichtlichen Konsequenzen der Umformung von Tiamat zu Tehom herauszuarbeiten. Während bei den Babyloniern das urzeitliche Chaosmeer in der Drachengestalt der Urmutter Tiamat erschien, die vom Gott Marduk im Weltschöpfungskampf besiegt und deren Leib daraufhin zu Himmel und Erde zerteilt wurde, war es in der Bibel nur noch präexistente Kulisse und Material für die kampflose Schöpfung aus freiem göttlichen Willen: es wurde zur finsteren »Tiefe«, tehom, über der Gottes Geist am Anfang schwebte, bevor er sie mit seinem souveränen »Jehi or!« lichtete, und aus dem Aspekt des widergöttlichen Weltdrachens wurde die listige Schlange als eines von vielen Tieren im Paradiesgarten. In dieser Umdeutung der mythischen Überlieferung erhob sich der Mensch nicht mehr zum Helden und König, der im Drachenkampf Unsterblichkeit erlangte, sondern das Streben nach Unsterblichkeit war nun gerade die Sünde, die er als ohnmächtiges Geschöpf nur mit Gehorsam gegen Gott wieder gutmachen konnte. Wenn Gott für ihn das Urmeer zerteilte, dann entstand weder aus dieser Spaltung die Welt, noch floss aus dem aufgebrochenen Drachenbauch das darin eingesperrte Lebenswasser hervor wie in den Mythen anderer Völker, sondern was der Gefangenschaft »in Ägyptenland« entkam und durch das gespaltene Meer in die Freiheit zog, war Gottes auserwähltes Volk, das er sich berufen hatte, ihm zu dienen. Die in den Psalmen und Propheten erhaltenen Andeutungen eines Kampfes Gottes gegen die Urzeitdrachen, den Leviathan oder die Rahab, gehörten nicht zur eigentlichen biblischen Geschichte, weil ihre Bücher von der Erfahrung des einen Gottes erzählten, der alle göttlichen Attribute und Figuren an sich zog und in sich vereinte und neben dem gar keine, auch keine selbstständige böse Macht bestehen konnte. Aus Mythos wurde Historie, und in der gab es keine Drachen zu töten.

»In der Endzeitvision des Sehers von Patmos jedoch schließt sich der Kreis, der Urzeitdrache steigt wieder aus dem Abgrund des Meeres empor, und die Heldengestalt Michaels tritt auf den Plan wie ein lange verdrängter Aspekt des Göttlichen, der wohl einst die Menschen mit dem flammenden Schwert aus dem Paradies vertrieb, jetzt aber —«

Mit diesem Satz war sein Entwurf des achten Kapitels seinerzeit abgebrochen. Mit gutem Grund. Jetzt aber. Altmann stand vom Schreibtisch auf und ging eine Weile im Zimmer auf und ab, wie es seine Gewohnheit war. Zuletzt blieb er am Fenster stehen und betrachtete abermals das Foto des Erzengels. »Wer bist du?«, hauchte er. »Wie kämpfst du?« Wie verkörperte man ganz und gar die eine Seite und war doch der anderen ganz und gar geöffnet? Ein Schwall der Liebe schoss heiß in ihm auf, und Hannes Bild blendete sich ihm über das Foto. Ihre Seele hatte den Raum noch nicht verlassen. Wie sollte sie auch, wo er sie offenbar so dringlich beschwor, dass sie ihm schon aus Michaels Gesicht entgegenblickte? Immer wenn er den Inbegriff des Männlichen herauszuarbeiten versuchte, trat sie ihm wie fordernd mit ihrer gesammelten Weiblichkeit entgegen, und er musste sich ihr stellen. Er stellte sich aufrecht hin. Im schwarzen Fenster spiegelte sich seine matt beleuchtete Mannesgestalt wie eine dunkle Verheißung. Er wandte sich ab und fing wieder an, auf und ab zu gehen.

Männlichkeit. Weiblichkeit. Das war der Faden, den er bei Hannes Eintreten hatte fallen lassen. Genau. Dieser Faden war wichtig. Was er auch tat und dachte und sagte, dieser Faden zog sich durch alles. Wenn er ihn abschnitt, fiel alles entzwei. Weiblichkeit. Wenn er seine Frau richtig verstand ... das, was aus seiner

Frau zu ihm sprach ... mit Worten, aber auch jenseits aller Worte ... dann hieß Weiblichkeit für sie eben nicht Behauptung der Halbheit. Frau sein hieß für sie schlicht, dass sie die Ganzheit auf andere Art ausbildete als er. Auf weibliche eben. Die Ganzheit. Nur als ebenbürtige Ganze konnte sie sich ihm als Ganzem öffnen, sich auf ihn einlassen. Gegen diese Wahrheit hatte er sich versündigt mit seinem Verhalten in den letzten Jahren. Nur zwei Ganze konnten ein Ganzes ergeben. In der Logik nannte man das wohl ein Paradox. Natürlich verkörperten Männer und Frauen je ihr Geschlecht, und dennoch war jeder Mensch aufgerufen, nach seiner Veranlagung beide Seiten in ein individuelles Gleichgewicht und in männlicher oder weiblicher Gestalt zu einer seelischen Ganzheit zu bringen. Im Geistigen galt die Gleichung eins plus eins gleich eins. Das war die große Ahnung, die ihm damals in Erfurt gekommen war, erst vor dem Dom und dann, symbolisch vollzogen, im Zelt. Halb plus halb gab niemals eins, es gab null, oder null Komma irgendwas. Null Komma irgendwas bedeutete immer Bruch und Streit und Unvereinbarkeit. Zu lernen war aber, Ergebung und Kampf, Ja und Nein zu vereinen. Man musste dem Drachen des Streits streitend entgegentreten, gewiss, doch es kam darauf an, wie man stritt. Wie man die Lanze führte. Dass man nicht selbst zum Drachen wurde. Damals war ihm das noch nicht bewusst gewesen, aber die Erregung hatte er gespürt, und sie hatte ihn auf die Spur gesetzt.

Hanne hatte es auch gespürt. Sie hatte seine Erregung geteilt. Als sie im Abendlicht Hand in Hand die Domstufen hinunter auf den riesigen Domplatz, ja, schritten, einerseits auf der Suche nach einem Restaurant, andererseits aber in Gedanken noch ganz bei der Figur, von der sich ihre Schritte entfernten, da spekulierte sie, dass die Darstellung des Engels sich wahrscheinlich nicht auf eine einzelne Bibelstelle bezog, sondern auf eine relativ verselbstständigte Tradition. Gab es nicht ein Bild von Raphael, auf dem Michael bei der Niederwerfung Satans auch so ruhig und milde guckte? In der Bibel wurde Michael namentlich nur ganz selten erwähnt, und sein großer Auftritt war natürlich der Kampf gegen den Drachen im zwölften Kapitel der Offenbarung. In der Pizzeria, wo sie schließlich landeten, lasen sie in seiner kleinen Reisebibel nach: wie der große rote Drache, »die alte Schlange, die da heißt Teufel und Satan«, die schwangere Sonnenfrau bedroht und nach der Geburt ihren Sohn fressen will, weshalb er von Michael und seinen Engeln vom Himmel auf die Erde geworfen wird, wo er die Frau und den Knaben weiter verfolgt, bis ihn Michael mit einer großen Kette fesselt und in den Abgrund wirft, aus dem er schließlich zum großen Endkampf ausbricht, worauf er in den feurigen Pfuhl geworfen und dort gequält wird »Tag und Nacht von Ewigkeit zu Ewigkeit«. Die ganze Apokalypse war ein einziger Albtraum der Gewalt, darin waren sie sich einig gewesen. Hatte der gnadenlose Vergeltungs- und Vernichtungswille, der aus ihr zu sprechen schien, nicht mehr mit manichäischen Gemetzeln wie im *Herrn der Ringe* gemein als mit der Skulptur dort oben am Dom? Das Essen kam, und sie klappten das Buch zu. Auch kauend blieben die Münder nicht still. Manichäisch oder nicht, Altmann fand es verständlich, dass ein nach göttlicher Gerechtigkeit lechzendes Bewusstsein, das die Zerstörung Jerusalems durch die Römer und die Verfolgung und Ermordung der Christen im ganzen Reich miterlebt hatte, von Bildern überschwemmt wurde, die ihm gegen allen Augenschein die schließliche Niederlage des übermächtigen Feindes und den unmittelbar bevorstehenden Sieg Gottes und seiner Heiligen im großen endzeitlichen Drachenkampf bewiesen – er musste nur daran denken, mit welchem ohnmächtigen Zorn er als Jugendlicher auf die siegessichere Schamlosigkeit geschimpft hatte, mit der die Finanzhaie und ihre politischen Helfershelfer alle Lebensbereiche der seelenlosen Profitgier ihres Gottes Mammon unterwarfen. Aber, wandte Hanne ein, zeigte nicht alle geschichtliche, alle menschliche Erfahrung, dass dieser Zorn immer das Gegenteil von dem erreichte, was er bezweckte? Ja, genau, doch wenn nicht der Zorn die lanzenführende Kraft war, welche dann? Wie ging das: Drachen töten? Erst als sie die Rechnung bestellten, merkten sie, dass das halbe Lokal ihre Erhitzung im Gespräch und aneinander gerührt-amüsiert verfolgte.

Und dann die Fahrt von Erfurt nach Celle zu seinen Eltern! Er saß, erinnerte er sich, an Hannes Rücken geschmiegt, und wie in der Nacht war es auf einmal, als würde er mit Erkenntnis überschüttet, als flösse diese in einem unausgesetzten Strom aus dem Körper der geliebten Frau auf ihn über. Während sie auf gewundenen Landstraßen am Rand des Harzes entlanggondelten, war es, als gingen die Pforten der Wahrnehmung auf, und er sah die Szene mit leuchtender Klarheit vor sich, wie der Drache und Michael sich im Kampf um die Frau gegenüberstanden, der gefallene und der ungefallene Engel, der Himmels- und der Höllenfürst. Er sah: das ganze kosmische Lebensdrama bestand allein aus dem Kampf dieser beiden, und er wurde geführt um die Frau, die göttliche Mutter, von der es abhing, ob mit ihrem Kind das Licht in die Welt kam und seine Herrschaft aufrichtete oder ob es ungeboren blieb, im Drachenbauch verschlossen. Mit Michael trat die männliche Erlösungskraft auf den Plan, eben jene Kraft, die Adam in der Konfrontation mit der Schlange verlassen hatte, wodurch er in den Todesschlaf des irdischen Lebens gesunken war. In diese Kraft musste Adam eintreten, um die Geschichte vom Sündenfall umzukehren. Die Botschaft Jesu war, dass der Mensch vom Tode Adams auferstehen würde. Immer aber wollte der Schlangendrache die Geburt des Lichts verhindern, die Frau in seine Gewalt bringen und ihren Schoß verschließen, wollte sie selbst, den Quell allen Lebens und die Schöpfung in ihrer ursprünglichen lichten Herrlichkeit, zur dunklen Drachenhöhle der gefallenen Welt machen, zur unfruchtbaren Hure Babylon. Das durfte nicht sein. Der Mann musste aufstehen, sonst war die Frau nicht zu retten; die Welt. Er sah es ganz klar. Das Einzige, was ihn auf seiner Fahrt durchs Hinterland gelegentlich ein wenig aus seinen ekstatischen Betrachtungen gerissen hatte, war das handgreifliche Zeichen der Erregung, das zu geben sein Geschlechtsmerkmal nicht müde wurde.

Der Euphorie war zuhause nach einiger Zeit die Depression gefolgt, wie so oft in seinem Leben. Der große Erkenntnisstrom, der ihn überschüttet hatte, war wie die Aufforderung zu einem entscheidenden Handeln gewesen, aber worin dieses Handeln bestehen sollte, war ihm und wurde ihm mehr und mehr schleierhaft. Die üblichen Selbstzweifel kamen, die Glaubenszweifel, die alte Zerrissenheit. Dass Hanne in dieser Zeit zu ihm hielt und nicht auf Distanz ging, dass sie den Gedanken zusammenzuziehen aufbrachte und rasch eine Wohnung für sie beide fand, dass sie ihm in der ungewohnten neuen Lebenssituation nicht nur bei der immer schwierigen Alltagsbewältigung beistand, sondern auch eine Gesprächspartnerin war, die alles, was ihn bewegte, wie kaum jemand vorher mitdenken und dabei doch die Bodenhaftung behalten konnte, dies alles half Altmann, weniger tief in seinem inneren Sumpf zu versinken und leichter wieder herauszufinden als in früheren Krisen. Er meinte zu verstehen, was der Jahwist mit dem Wort Ischa sagen wollte. Die wunderbare Selbstverständlichkeit zwischen ihnen trug und beflügelte ihn. Irgendwann musste er den Heiratsantrag, der in der Luft lag – den sie in die Luft gelegt hatte, wenn er es recht bedachte – nur noch aussprechen. Sogar sein Vater gratulierte ihm in aller Form zu der »besten Entscheidung deines Lebens«. Und mit dem langsam

Form annehmenden Projekt einer Dissertation über »Die Michaelsgestalt in der Johannessoffenbarung vor dem Hintergrund der antiken Drachenkampfsagen«, die auch sein Professor für ein Desiderat hielt, schien er den Anschluss an seine Erfurter Inspiration wiedergefunden zu haben.

Altmann setzte sich wieder, starrte auf die Papierberge, die sich auf seinem Schreibtisch türmten, die Bücher und Kopien, die ausgedruckten alten Rohfassungen der ersten acht Kapitel, die handschriftlichen Aufzeichnungen. Ein Drachenkampf eigener Art, der ihm da bevorstand. Hatte er eine Chance? Es sei, hatte er vor Jahren am Anfang der Arbeit noch lachend zu Hanne gesagt, als fahre er im kleinen Nachen seines Projekts auf dem chaotischen Urmeer, immer in Gefahr, von den wilden Wellen der Textmassen und den darin wimmelnden Ungeheuern des äußerlichen Verständnisses verschlungen zu werden, immer bestrebt, durch alle heraufziehenden dichten Deutungswolken das Leitgestirn der drei einfachen Fragen im Blick zu behalten, die am Firmament seines Denkens standen:

Worum kämpft der Kämpfer?

Wogegen?

Und vor allem: wie?

Bald aber war ihm das Lachen vergangen. Die vielen Schöpfungsmythen um die Niederwerfung dunkler Urmächte durch einen Gott oder Helden am Anfang der Zeit, in die er eintauchte, um sich den Hintergrund von Johannes' visionären Bildern zu erschließen, waren bei aller Ähnlichkeit der Konstellation in ihrer Tendenz so verschieden, dass man alles daraus lesen konnte, was man wollte. Auch der Schlüssel, den feministische Theorien ihm eine Zeitlang mit der Erkenntnis versprachen, dass diese alten Mythen, die von der biblischen Geschichte überformt wurden, ihrerseits noch viel ältere Mythen überformt hatten, schloss in seinen Händen nicht. Er fand den Gedanken faszinierend, dass der babylonische Gott Marduk ursprünglich der Sohn und Geliebte der matriarchalen Großen Göttin Tiamat war, gar kein brutaler Muttermörder, und dass sein Kampf gegen das Chaosungeheuer möglicherweise eine Initiationsaufgabe darstellte, die er Jahr für Jahr erfüllen musste, um aus der vom Drachen beherrschten Unterwelt des Winters wiedergeboren zu werden, mit ihr die Heilige Hochzeit zu feiern und das Land wieder zum Blühen zu bringen. Aber das Bild der vorgeschichtlichen Friedensordnung, die brutal zerschlagen wurde, als patriarchale Barbaren aus dem Norden erobernd in die mutterrechtlichen Reiche einfielen, ihren Gott an die Spitze des Pantheons setzten und die Göttin verteufelten und im letzten Schritt ganz aus der Heiligen Schrift tilgten, dieses Bild erschien ihm genauso ausgedacht und idealisiert wie das klassische Bild der griechischen Kulturheroen, die mit ihren Heldentaten die finsteren Schrecken des Alten Orients besiegten und das Licht des freien europäischen Geistes entzündeten. Er wollte keinen Streit um Bilder führen. Er suchte die lebendige Kraft. Die Kraft, die Offenbarung zu vollbringen. Die Kraft, die Welt neu zu erschaffen.

»Na, wenn's weiter nichts ist.« Altmann stand auf. Er war mit einem Mal sehr müde. Bloß nicht wieder an denselben Punkt kommen wie vor vier Jahren, als er sich völlig in die Mythenauslegungen verheddert hatte. Die Verdrängung und Unterdrückung des Weiblichen im Christentum, ja in allen Religionen, hatte er nicht ignorieren können, und den Blick darauf auszuhalten, war ihm schwer und schwerer gefallen. Er hob den Kopf und sah in der spiegelnden Scheibe wieder seinen dunklen Umriss vor sich. Damals hatte er den mythologischen Untersuchungsstrang abgebrochen und beschlossen, sich erst einmal eingehender mit der Michaelsfigur zu beschäftigen, sich von seinem Verdacht leiten zu lassen, dass das Verhältnis von Held und Drache im Innern ganz anders aussah, als es sich auf der äußeren Textebene darstellte. Er musste, hatte er sich gesagt, unbedingt eine Weile vom Schreibtisch wegkommen, sich bewegen, und Reisen zu den alten Michaelskultstätten schienen ihm dafür genau das richtige zu sein. Wieder hatten sich dabei neue Denkwelten aufgetan. Wieder aber auch war ihm der Blick auf die dunklen Seiten des Christentums nach einiger Zeit unerträglich geworden. Ein Greuel. Auf dem Trümmerhügel des antiken Kolossae hatte sein Glauben selber in Trümmern gelegen. Wie sollte er noch daran festhalten? Aber festhalten, das war die falsche Haltung.

Altmann öffnete beide Hände, breitete sie aus. Die gesichtslose dunkle Gestalt im Fenster tat es ihm nach. Er deutete mit dem Finger auf sie. »Wer den Glauben erhalten will, wird ihn verlieren; wer aber den Glauben verliert um meinetwillen, der wird ihn finden«, erklärte er. Sein Schattenbild nickte bestätigend. Und auf einmal war eine Entscheidung gefallen, ohne dass sie gefällt worden war.

6 Draußen schwarze Nacht. Statt von der Toilette direkt zurück ins Bett zu gehen, trat Altmann ans Fenster. Schwarze Nacht. Finster auf der Tiefe. Wechoschech al pene tehom. Die Höhe mit funkelnden Sternen gepunktet. Er starrte ins Undurchdringliche hinaus. Da. War das am Horizont ein erster Streif Grau zwischen Schwarz und Schwarz? Wahrscheinlich. Er gähnte und legte sich wieder ins Bett. Er sollte noch schlafen.

Doch er konnte nicht: wenn er die Augen schloss, sah er den grauen Streifen. Doch er sollte: es würde ein langer Tag werden morgen. Heute. Er langte zum Handy auf dem Nachttisch. 5:17 Uhr Ortszeit. In Deutschland eine Stunde früher. Er wälzte sich auf die andere Seite, wälzte sich wieder zurück. Das Bild hinter den Lidern blieb. Stahlgrau der Streifen wie eine Klinge, bereit aufzublitzen, den Panzer zu spalten, das dunkle Gefängnis. Er wälzte sich abermals herum. Seufzte. Stand auf.

Er ging auf den Balkon hinaus. Unnötig, etwas überzuziehen, selbst in der Septembernacht waren es bestimmt noch fünfundzwanzig Grad. Das Grau hatte sich ausgedehnt und einen rötlichen Schimmer bekommen. Gelb aufhellend breitete es sich weiter nach oben aus. Die Spaltung war schon geschehen, und herauf kam jetzt majestätisch Schritt für Schritt die Göttin. Eos im Safrangewand. Uschas im lichten Kleid. Rosenfingrig, gabenreich, wunscherfüllend. Hinüberbringend das Licht aus dem Schlund der Tiefe. Zögernd erst, dann freudiger leuchtend blaute der Himmel ihr entgegen, je weiter die weichende Nacht ihr Leichentuch abzog. Ein neues, azurnes Gewand lag bereit. Altmann lauschte dem Murmeln des Meeres, seinerseits von Freude durchrieselt. Es war, als beglückwünschte es ihn dazu, den Augenblick erleben zu dürfen, in dem die Morgenröte dem Bade entstieg und ihrem Verehrer, der den Schlaf besiegt hatte und wachte, die herrliche Brust entblößte.

Wie Fanfarenstöße die ersten Strahlen, hell die Geburt des Feuers verkündend. Dann schob das göttliche Kind den Scheitel aus den Wellen des Urmeers. Tag und Nacht waren geschieden, Himmel und Erde. Der Sonnenheld trat seinen strahlenden Siegeszug an. Altmann stützte sich auf das Balkongeländer und blickte über den noch menschenleeren Strand. Linkerhand die Stadt mit den Bergen im Hintergrund – weit weg, kaum sichtbar, von Phantasie überblendet. Sein Körper war wohl in der Türkei, doch er selbst war, wo er immer war. In seiner inneren Welt. Er streckte sich und ging wieder hinein. Leicht zitternd in dem Bewusstsein, reich beschenkt worden zu sein, legte er sich noch einmal aufs Bett.

Auf der Fahrt vom Flughafen gestern abend hatte das Taxi einen Umweg fahren müssen, weil die Innenstadt von einer Großdemonstration blockiert war. In gebrochenem Englisch hatte der Chauffeur ihm erklärt, dass die Menschen auf den Straßen waren, weil am Vortag in einer anderen Stadt ein junger Mann bei Protesten ums Leben gekommen war. Der sei aber ein Randalierer gewesen und bloß beim Steinewerfen vom Dach gefallen, einer von diesen Kommunisten und Kurden, die auf Erdoğan schimpften, statt ihm dankbar zu sein, dass er die Türkei mit seiner Politik wieder zu einer stolzen Nation gemacht hatte. Der Mann war offensichtlich ein Anhänger des Präsidenten, »father of motherland« nannte er ihn ohne Ironie und riss dabei beide Hände vom

Steuer. Altmann ließ den Erguss über sich ergehen und verfluchte sich für seine gedankenlose Hotelwahl, die ihm diese absurd lange Fahrt durch die ganze Stadt und noch ein gutes Stück weiter nach Südwesten eingebrockt hatte. Er wusste aus der Zeitung, dass in Istanbul und offenbar auch in anderen türkischen Städten seit Monaten gegen die Regierung demonstriert wurde, und obwohl er diffus mit den Regimegegnern sympathisierte, hatte er nur eine vage Ahnung davon, worum es eigentlich ging. Mehr Demokratie … Näher als aktuelle politische Unruhen war ihm beim Blick aus dem Fenster der Gedanke, dass dies Paulus' letzte Station auf seiner ersten Missionsreise gewesen war, auch wenn es nicht leichtfiel, das Verkehrschaos der Millionenstadt mit dem pamphylischen Hafen Attalia aus der Apostelgeschichte zusammenzubringen. In seiner Welt würde die Fahrt morgen über die pisidischen Berge nach Hierapolis führen, gelegen im südwestlichen Zipfel Phrygiens an der Grenze zu Karien und Lydien. Was nicht hieß, dass er sie zu Fuß oder zu Pferde unternehmen wollte. Schließlich hatte er eine Verabredung. So viel Realitätssinn besaß er denn doch.

»Mein liebes Herz!«

Aufatmend lehnte sich Altmann auf dem Hotelstuhl zurück, als wäre er mit dem Tippen der Anrede schon in Hannes Gesellschaft versetzt. Er schloss kurz die Augen, um sich ihr Bild herbeizurufen. Die Berge, die er soeben wie traumreisend überquert hatte, mochten äußerlich zum westlichen Taurus gehören, in der inneren Welt bedeuteten sie ihm den Gebirgsriegel, den der Geist überwand, um ins Seelenland zu gelangen. Nur von Hanne war er sich sicher, dass sie dieses Land mit ihm bewohnte – oder wenigstens, falls es mehrere gab, das freundlichst benachbarte. Und so hatte er, kaum am Zielort angekommen, nichts Dringenderes zu tun, als sein iPad auszupacken, den WLAN-Code einzugeben und das Emailprogramm zu öffnen. Er beugte sich vor und schrieb weiter.

»Ich muss versuchen, dir zu erzählen, solange das alles in mir noch frisch ist. Ich muss es irgendwie aufschreiben, bevor sich andere Dinge darüber decken. Ach, Weiblein, schon jetzt, nach einem Tag, fehlst du mir als Gegenüber. Mir ist, als wäre das Entscheidende auf dieser Reise schon passiert, bevor sie richtig angefangen hat. Überm Meer vor Antalya habe ich heute morgen einen Sonnenaufgang gesehen, der mir die Augen aufgetan hat, und auf der Fahrt hierher nach Pamukkale ist es mir gegangen, wie es mir manchmal geht (wer wüsste das besser als du!): ich habe etwas erlebt, was mich tief berührt, ohne dass ich genau wüsste, warum, und erst im nachhinein reichert sich das Erlebnis langsam mit Sinn an, bis die Fülle des Sinns so groß und so mächtig wird, dass sie mich schier überschwemmt. Jetzt weiß ich nicht, ob ich sie fassen kann. Ich will es versuchen. Da versuche ich seit Jahren, sauber differenzierte Betten und Bahnen für die Ströme anzulegen, die aus den verschiedenen mythischen Quellen fließen, die Formen und Einflüsse und Bedeutungsebenen zu sortieren, und auf einmal fließt mir das alles wild ineinander und wird gerade dadurch klar. Will mir scheinen. Ordnung durch Chaos. Ich weiß nicht, wie mir geschieht. Ich weiß nicht, wo ich anfangen soll. Ich weiß gar nichts. Ich weiß alles. Ich fange an.«

Er zögerte. Einen Moment schwebten die Hände über den virtuellen Tasten. Etwas wie ein Weihegefühl ergriff ihn. Er setzte sich aufrecht hin.

»Du schaust in der Nacht in die Nacht hinaus. Alles ist Nacht. Es gibt nichts anderes. Die ganze Welt der Wunder, alle Schätze des Lebens, die ganze lichte Herrlichkeit des Tages, alles ist darin verborgen. Aber du siehst nichts. Die Sonne ist in der Unterwelt.

Sie ist versunken im uranfänglichen Meer. Sie ist gefangen im steinernen Berg. Die unterweltliche Nacht ist wie ein Drache, der die Sonne verschlungen hat und mit ihr die ganze Schöpfung. Der Drache enthält alles, was ist, aber nur als Potenz, er lässt das All, das er ist, nicht entstehen. Die in ihm gebundenen Kräfte können sich nicht verwirklichen, er hält sie fest, hindert sie, ins Leben zu treten, zu wirken, zu werden. Der Drache schläft, er ist stumm, er will nicht geweckt werden, will seine Schätze nicht hergeben, er ist einerseits die versammelte Weisheit der Schöpfung, und andererseits verschließt er sie geizig und eifersüchtig, gibt sie nicht preis.

Um des Lebens willen muss der Berg gesprengt, der Drache aufgeschlitzt und zerspalten werden. Aber wie? Und von wem? Es gibt ja sonst nichts als das riesenhafte Dunkel, das alles bedeckende und umschließende Meer, die steinerne Verschlossenheit, die totale Nacht. Aber plötzlich ist da ein kleines Licht, ein Fünkchen, so winzig und unscheinbar und unmerklich, dass es gegen die ungeheure Schattenmasse gar nicht ins Gewicht fällt.« Altmann stutzte und scrollte zurück. »Du schaust in die Nacht hinaus, habe ich oben geschrieben, aber im Anfang gibt es in Wahrheit gar kein Du, das irgendwohin schauen könnte. Das der Nacht als ein Anderes gegenüberstände. Das Fünkchen ist innen. Das Jehi or kommt von innen. Unerklärlich und paradox, die Hervorrufung des Lichts, aber wahr. Erst im nächsten unableitbaren Bild ist die Gegenüberstellung geschehen, und ein winziger Wicht steht vor dem berghohen Ungetüm, das Dürre oder Sintflut oder sonstwie Verwüstung über das Land bringt oder das Sonne und Mond verschlingt oder das die Prinzessin in seiner Höhle gefangen hält oder das zur Besänftigung immer neue Menschenopfer verlangt. Eigentlich ist es ausgeschlossen, dass der Wicht mit seinem mickrigen Schwert dem undurchdringlichen Panzer auch nur einen Kratzer zufügt. Doch genährt von geheimnisvollen

Kräften und Säften, von einem Himmelstrank, einem Gnadenstrom, wächst er, wird größer und stärker, und nach einem gewaltigen Kampf geschieht schließlich das Unglaubliche: der Drache fällt. Besiegt liegt er am Boden und wird der Länge nach gespalten. Ein lanzengleicher Strahl steigt in dem Spalt empor wie eine Siegessäule, und nach und nach stemmt er die beiden Drachenhälften auseinander, und sie werden zu Himmel und Erde.«

Er sah es vor sich. Er merkte, dass er vor Erregung zitterte. Würde Hanne verstehen? Sie musste. Sie musste!

»Was vorher gefangen war, kommt frei. Der Hort, auf dem der Drache in seiner Höhle hockt, ist die gesamte Schöpfung. Sie erscheint im Bild der jungfräulichen Göttin, der Prinzessin, die getroffen vom eröffnenden Strahl zur Mutter wird. Mitunter ist der Drache selbst die Urmutter, die die Geburt der Kinder verweigert. Die Übergänge von Drache zu Frau sind fließend. Alle Übergänge im Mythos sind fließend. Die befreite Frau liebt den Helden, der durch die Dornenhecke dringt und sie wachküsst, der sie verwandelt, weil er sich von der grauenerregenden Drachenmaske nicht abschrecken lässt. Sie beschenkt ihn mit all ihrer Schöpfungskraft, und er führt sie aus der Unterwelt heraus, deren Herrscher sie von der Lichtung des ewigen Lebens geraubt und für die dunkle Zeit zu seiner Frau gemacht hat. In einer anderen Wendung ist es der Geliebte der lichten Göttin, der im Kampf gegen das Unterweltstier gefallen und in die Herrschaft der dunklen Schwester geraten ist, zu der sich die Lichte begeben muss, um ihn mit Schmerzen freizukaufen. So holt sie ihn aus dem Land ohne Wiederkehr zurück, und mit seiner Wiederauferstehung grünt und blüht die Erde. Immer aber ist das Licht in der Dunkelheit verborgen, am äußeren Licht ist das innere nie zu finden, du musst in die Tiefe hinab, musst sterben, um wiedergeboren zu werden. Dann scheint die Sonne zur Mitternacht.

Wenn die Göttin morgenrot aufgeht, schöpft sie aus dem Wasser das Feuer, sie gebiert in der Seele das Feuerkind, den belebenden Funken, der den finsteren Drachen tötet. Den hellen Morgenstern Christi. Versteh, alle kausalen Zusammenhänge und zeitlichen Abfolgen sind hier nachgereicht, in Wahrheit geschieht alles gleichzeitig, sagt jedes Bild das Selbe; zu Geschichten verknüpft lassen sie sich weitersagen.« Versteh, versteh! »Kerzengerade steigt die Flamme des Opferfeuers in die Höhe, trennt und verbindet Himmel und Erde. Zwischen dem großen Oben und dem großen Unten öffnet sich die Mittelwelt mit ihrem Wechsel von Tag und Nacht, der Raum des Lebens, der an Ober- und Unterwelt gleichermaßen teilhat. Der Oben und Unten auseinanderstemmende Strahl ist eins mit dem drachentötenden Helden, der ihn verkörpert, ihm menschliche Gestalt verleiht. Die Lanze wird zur Weltachse oder auch zum Weltbaum, der auf der entstandenen Lichtung wächst und den Weltraum ausfüllt. Der Baum wurzelt in der Unterwelt und spannt das Firmament als Krone auf. Am Baum, der aus der Grube wächst, wird der bunte Rock des Kosmos aufgehängt. Die Achse beginnt sich zu drehen, kenntlich an der Bewegung des Sternenhimmels, und die Zeit setzt ein und wird in ihre Rhythmen und Kreise gespannt, das Jahr nimmt seinen Lauf, das große Entstehen und Vergehen, mit dem die Zeit die Wahrheit verhüllt und offenbart. Alle Bewegung geht im Kreis, in der Spirale, als Gerade ohne Wiederkehr stellt sie sich nur dem verkürzten Blick dar, der nicht über den kleinen Lebensabschnitt hinaussieht.

Der Baum ist der Weg nach unten: das Holz, an dem der himmlische Held zu irdischem Leben geopfert wird, Opferpfahl Kreuz Galgen. Der Körper. In anderer Übersetzung ist er der Urriese oder Urmensch selbst, der als Weltachse das All ausfüllt und der zerstückelt wird, damit aus seinem Leib die Welt gebildet werden kann. Genauso wird es vom Drachen behauptet. Seinem Selbstopfer verdanken die Menschen ihr Leben, lebend verzehren sie ihn, essen und trinken ihn.

Und der Baum ist der Weg nach oben, der aus dem Dunkel zurück ins Licht führt. Er ist der Wagen und das Pferd und die Trommel, das Mittel, das den Baumkundigen zum Aufstieg verhilft. Er ist die aus den Tiefen der Erde wachsende Flamme, die große Feuersäule des Lebens, die ihren Grund verbrennt. Und er ist die befruchtende Säule des Samenregens, der vom Himmel fällt. An seiner Spitze wächst die süße Frucht der Unsterblichkeit, die Adam und Eva verwehrt wurde. Um deretwillen der Turm zu Babel gebaut wurde. Zwischen den Presssteinen von Himmel und Erde wird sie gekeltert und fließt als Wein am Stamm hinab, als Rauschtrank, der den Helden zum Drachenkampf stärkt. Als Strom von Milch und Honig. Die zum Trank zerstoßene Frucht ist selbst der schlangengleich niederfließende Gott, der sich im Abgrund opfert und sein Blut in den empfangenden Kelch gießt.« Versteh, versteh!

»Der sich opfernde Sprung in den Abgrund ist der Weg ins Licht. Der abgründige Drachenschlund klafft auf, um zu verschlingen, und er klafft auf, um hervorzubringen. Derselbe Weg führt nach unten und nach oben. Der Drache will das Kind verschlingen, der Fürst der Finsternis will die Sonnenfrau in seine Gewalt bringen. Sie entflieht in die Wüste, die sein Machtbereich ist, sie springt ins Dunkel, um den Kreis der Geburt zu durchlaufen, nimmt den Weg des Werdens auf sich.

Die Weltachse ist auch der Weltberg, auf dessen Spitze der höchste Gott seinen Thron hat. Er ist die hohe Burg der Götter, und er ist selbst das Inbild der Verbergung, der Verschließung des großen Geheimnisses, das sich erst im Erreichen des Gipfels entbirgt. An seinem Fuß klafft die Höhle, die in die Unterwelt führt und in der der Drache haust. Die Achse verbindet die gegensätzlichen Pole von Drachenhöhle und Götterburg. Vom Weltbaum mit der süßen Frucht in der Krone heißt es, dass der Drache unter seiner dreifachen Wurzel schläft. Und zugleich ist sein Stamm von der Schlange umringelt. Die Schlange ist die ausgezogene Wachgestalt des unförmig zusammengerollt schlafenden Drachen. In ihr kommt der starre Stock der Weltachse in Bewegung. Sie vollzieht mit der Häutung selbst die Verwandlung: Stock wird Schlange. Die verschwiegene Weisheit spricht sich aus. Sie befähigt die Seherin im Schlangenheiligtum wahrzusagen. Ausgesprochen aber enthält die Wahrheit immer auch das tödliche Gift des Irrtums, der Lüge. Von der Schlange geleitet wird man zum Herrn der in ihr gebundenen Kräfte, oder zum Sklaven.

Ach, Hanne, Liebste, verstricke ich mich, verstricke ich dich in Geschichten? So viele Geschichten, eine fließt in die andere über. Ich will über sie hinausgehen, nicht in sie hinein, will sie nur als Treppenstufen nutzen. Denn ich habe keine Geschichten gesehen heute morgen. Ich habe die Wahrheit gesehen. Sie zeigt sich in Bildern, in den sinnlichen Erscheinungen, aber die Bilder sind nicht die Wahrheit. Wenn die Göttin blendet, dann nur, damit wir die äußeren Augen schließen und das innere Auge öffnen. Im Sagen der Wahrheit spinnen die Bilder sich zu Geschichten aus, und im Nu sind wir verstrickt. Alle Geschichten sagen die Wahrheit, aber keine ist wahr. Auch die biblische nicht. Die Geschichte ist immer der schillernde Drache, der seinen Schatz nicht preisgeben will. Er will selbst als die Wahrheit angebetet werden. Aber man muss ihn töten.

Und zwar jetzt. Jetzt muss der Drache von mir getötet werden, der mir einreden will, ich müsste mich in die Exegese des zwölften Kapitels der Offenbarung verstricken. Überhaupt nicht. So mache ich den Stein nur noch steinerner, der die Quelle zudeckt. Ich muss die Quelle freilegen, damit die Wasser fließen können, damit die Kräfte ans Licht kommen, die Gesänge, die Kühe, die Morgenröten. Aber wie kämpfen, wie töten? Ich bin nur ein winziger Wicht, und der Drache ist das Weltmeer, das den Kosmos umschließt und mit aller Macht verhindern will, dass jemand auf die andere Seite gelangt. Andererseits ist er auch die Arche, der alles Leben bergende Hort. Die schwarze Kuh strotzt von weißer Milch, wie indische Weisheit sagt. In Wahrheit bin ich selbst der schlafende Drache, muss selbst meinen äußeren Panzer zerschlagen und den inneren Reichtum befreien. Ich muss sterben, damit ich leben kann. Die Höhle ist nie zu verlassen, der Bauch des Walfischs, sie ist zu verwandeln. Sie ist selbst die Lichtung. In dieser Offenbarung geschieht erst die Schöpfung der Welt, wie sie in Wahrheit ist. Die Geschichten erzählen von einem Anfang in illo tempore, aber der Anfang ist jetzt, und das Ende ist jetzt, und sie sind eins. Der Kreis schließt sich, und er öffnet sich in der Wiedergeburt. Ich muss nur eins tun: die Welt erschaffen.

Und wenn ich an dich denke, fühle ich die Kraft dazu.

In Liebe,

dein Michael.«

7 »Michael?« Er blickte vom Lageplan auf, der vor ihm auf dem Gartentisch lag. »Hei, ich bin Hanne.«

Altmann erhob sich und ergriff ein wenig verwundert die ausgestreckte Hand. Eine unbekannte junge Frau, frisches, offenes Gesicht unter halblangen blonden Haaren, abgetragene Jeans und kariertes Hemd mit aufgekrempelten Ärmeln. Kräftiger Händedruck. »Altm–, äh, hallo, ich bin, ja, Michael, äh ...« Er rieb sich die Finger. Auch stehend musste er den Kopf noch ein wenig heben, um in die graugrünen Augen zu schauen, die ihn aufmerksam musterten.

»Francesco sagt sorry vielmals. Es tut ihn leid, dass er nicht persönlich kommen kann, aber er musste gestern plötzlich wegen Familie nach Italien fliegen, und da hat er mir gebeten, dass ich ihn vertrete, weil ich ganz gut Deutsch kann, meine Mutter ist deutsch, weißt du, und weil ich auch interessiert bin an Kolossae. Du auch, ja? Das ist schon das zweiten Mal, dass es nicht klappt mit euch, nicht wahr? Ja, schade. Ich bin von dem norwegischen Grabungsteam, aus Oslo, da studiere ich Archäologie, ich bin jetzt schon in zweiten Jahr dabei, ein wahnsinniger Glücksfall für mich, aber das ist das letzte Jahr. Leider. Wie Francesco das macht, ist wirklich super. So genau hat er nicht gesagt, an was du interessiert bist eigentlich, wenn es das Grab von Saint Philip ist, das kann ich dich zeigen, aber da habe ich nicht so viel Ahnung, ich habe die letzten Jahre in der Nordnekropole graben helfen, total super, da kann ich dich alles drüber sagen. Ich dachte, wir gehen zu Fuß über die Kalkterrassen, wenn du heute erst gekommen bist, ist das für dich sicher interessant, die sind wirklich toll, trotz der vielen Leuten, und viel schneller ist man mit dem Auto auch nicht. Wollen wir los?« Altmann atmete einmal tief durch. »Ja« sagte er. Er griff sich seine Umhängetasche. »Meine Frau heißt auch Hanne«, fügte er hinzu, als sie aus dem schattigen Garten des Allgäu Hotels in die heiße Nachmittagssonne traten. Super! Dann konnte ja nichts mehr schief gehen.

Die Ortschaft Pamukkale schien nur aus Hotels, Restaurants, Souvenirläden und Busgesellschaften zu bestehen, die nicht den Eindruck machten, wirklich zu boomen. Sie bogen um die Ecke, und da war er, der von zahllosen Bildern und Plakaten bekannte Höhenzug mit den schneeweißen Kalkterrassen, den er schon bei der Anfahrt in der Landschaft hatte liegen sehen wie einen kilometerbreiten vereisten Wasserfall, dem die Spätsommerhitze nichts anhaben konnte, oder eine himmlische Burgmauer aus weißen Wattewolken, auf die Erde versetzt. Hanne winkte den Männern im Kassenhäuschen fröhlich zu, als sie Altmann hinten um den Ticketschalter herumlotste, an der Besucherschlange vorbei. Sie gehe hier ein und aus. Während sie den im Bogen an der Travertinwand entlangführenden Weg hinaufschlenderten, die nackten Füße vom weichem Wasser überspült, erzählte sie von den Funden, die sie in letzter Zeit auf dem Gräberfeld gemacht hatten, und von dem Rummel um das »Tor zur Hölle«, den die Medien im Frühjahr veranstaltet hatten, als Francesco mit seiner Entdeckung des Plutoniums an die Öffentlichkeit gegangen war. Sie schnaubte. Ja, davon habe er auch in Deutschland gehört, warf Altmann ein, in gewisser Weise sei das sogar der Anstoß zu seinem Besuch hier gewesen. Tatsächlich? Gut zu wissen. Ah, Hierapolis sei ein magischer Ort. Sie studiere im Nebenfach Geologie, und die Verbindung dieser bestimmt vierhunderttausend Jahre alten Traumlandschaft – sie machte eine alles Land ringsum einbegreifende Handbewegung – mit der einzigartigen alten Stadt dort oben auf dem Hochplateau sei etwas Einmaliges. Dass die Menschen sich hier seit Urzeiten den Göttern nahe fühlten, konnte sie gut nachvollziehen, wegen der Heilwirkung der Thermalquellen wie überhaupt wegen der außergewöhnlichen seismischen Aktivität, der hohen Energie in der Erde. Schon Strabon habe geschrieben, dass die ganze Gegend erdbebengefährdet und bis ins Erdinnere mit Feuer und Wasser unterhöhlt war. Altmann zog beeindruckt die Brauen hoch: Strabon! Dabei, erzählte Hanne weiter, hätte der hemmungslose Tourismus bis noch vor einiger Zeit das Naturwunder beinahe zerstört, die Leute hätten hemmungslos überall in den Wasserbecken gebadet und den Kalkstein zertrampelt und das Gelände vermüllt, und oben hätten Hotels gestanden und Schmutzwasser über die Terrassen geleitet, so dass die ganz grau wurden, die seien erst vor gut fünfzehn Jahren abgerissen worden, samt der Straße, die man hier mitten hindurch gebaut hatte. Von daher sei es gut, dass die Touristen inzwischen ein bisschen in die Schranken gewiesen wurden. Ja, bestimmt.

Wie zur Bestätigung ertönte ein Stück vor ihnen der schrille Pfiff eines Wärters, der heftig gestikulierend vier junge Ostasiaten, die an der weißen Wand herumkraxelten, auf den vorgeschriebenen Weg zurückbeorderte. Menschen aller Nationalitäten tummelten sich in den und um die flachen blauen Becken, vollauf damit beschäftigt, schien es, sich in wechselnden Posen und Gruppen abzulichten. Altmann blieb stehen, Schuhe in der Hand, und strich staunend über die feinen Wellenstrukturen einer strahlend weißen Beckeneinfassung, die vom warmen Wasser überflossen wurde und selbst wie in der Bewegung erstarrtes Wasser aussah. Irdische Schöpfung. Auch wenn Millionen Touristen darüber hinweg trampelten, das Wunder blieb. Kopfschüttelnd drehte er sich um und ließ den Blick über die weite Ebene schweifen, den Gebirgszug dahinter, an seinem Fuß die Provinzhauptstadt Denizli, komplett überschaubar trotz ihrer sechshunderttausend Einwohner, in mittlerer Entfernung eine kahle braune Erhebung im Grün, die Ausgrabungsstätte des antiken Laodicea, wie Hanne ihn aufklärte, munter weiterplaudernd.

»An was genau bist du bei dem Plutonium interessiert? Das hast du noch gar nicht gesagt«, fragte sie. »Na ja, wie auch? Ich rede und rede ...« Altmann machte begütigende Töne. »Das ist eine lange Geschichte«, sagte er. »Ich weiß nicht, ob du das alles hören willst. Eigentlich führt mich der Erzengel Michael hierher.« Er sah seiner Begleiterin, die ein kleines Stück tiefer stand, in die Augen. »Mein Namenspatron.« Keine Regung. »Ich arbeite an einer Dissertation über ihn«, fuhr er fort, »und als ich vor vier Jahren hier war, also nicht genau hier, sondern drüben in der Gegend von Kolossae«, er deutete in Richtung Südosten, wo ein Hügelrücken die Sicht versperrte, »da hatte ich so was wie eine Krise und bin schnell wieder abgereist. Deshalb konnte ich auch meine Verabredung mit Professor D'Andria ... mit Francesco, nicht einhalten. Ich habe danach die Dissertation abgebrochen und stattdessen gearbeitet – ich bin evangelischer Pfarrer – und erst in diesem Jahr habe ich wieder damit angefangen. Inzwischen hat sich mein Interesse allerdings ein bisschen verschoben.« Hanne hob ein wenig das Kinn und öffnete die Lippen, als wollte sie durch die Zähne pfeifen. »Ein Pfarrer«, sagte sie. »Soso. Aber da gibt's wahrscheinlich auch alle Sorten. Sitzen wir?«

Sie ließen sich auf der Kante der am äußeren Wegrand verlaufenden Wasserrinne nieder, und Altmann begann zu erzählen, wie er auf das Thema verfallen war. Die Ahnung, dass das geläufige Bild vom Drachenkämpfer und Führer der himmlischen Heerscharen gewissermaßen nur eine Seite der Medaille war, habe ihn angestachelt und neugierig auf die Kehrseite gemacht.

Hanne schien aufmerksam zuzuhören.

Darstellungen des Engels etwa in der byzantinischen Kunst ließen andere Hintergründe vermuten, und sehr bald sei er in seinen Forschungen darauf gestoßen, dass es eine alte Überlieferung von Michael als Heiler gab, die aber schon früh von dem Aspekt des Streiters überlagert und verdrängt worden war. Im Judentum war er der große Engel, der zur Rechten Gottes sitzt, der Walter des göttlichen Willens und Vermittler zwischen Gott und den Menschen, und dort wurde er weniger strafend und kämpfend gesehen als fürsprechend, schützend und heilend. Aber im Christentum hatte er eine andere Entwicklung genommen. Altmann strich sich übers Gesicht, wie um einen Schleier wegzuwischen. »Heiler und Streiter, für mich gab es da gar keinen Widerspruch, für mich war das eine Einheit. Genau diese Einheit der Gegensätze hatte ich seinerzeit an dieser Figur in Erfurt gesehen. Es musste, dachte ich mir, eine frühe christliche Michaelsverehrung gegeben haben, die um diese Einheit wusste. Der wollte ich nachgehen, weil ... das war mir irgendwie wichtig.« Zu dem Zweck reiste er nach Mont Saint-Michel in der Normandie und anschließend zu der noch älteren Grottenkirche auf dem Monte Gargano in Apulien, die auf Erscheinungen des Erzengels im fünften Jahrhundert zurückging. Ein uraltes Quellheiligtum in der Höhle auf dem Berg, das vom Christentum übernommen und auf Michael umgedeutet wurde, wie es mit vielen heidnischen Kultstätten geschah. Er habe das starke Gefühl gehabt, dort Anschluss an Altes und Ältestes zu finden. Aber es gab, erfuhr er, ein noch älteres, das älteste Michaelsheiligtum überhaupt, und zwar in der heutigen Türkei, im antiken Phrygien. Wenige Kilometer von hier. Altmann wollte reflexhaft abermals nach Südosten deuten, aber eine Gruppe halbnackter korpulenter Russen baute sich hinter ihnen lautstark palavernd zum Fotoshooting auf, und mit einem kurzen Blick verständigten Hanne und er sich, weiterzugehen.

»Du kennst wahrscheinlich die Legende von den Aposteln Johannes und Philippus«, Hanne nickte nachdrücklich und öffnete den Mund, »wie sie unweit von Kolossae an einer Thermalquelle ein Michaelsheiligtum gründeten, das bald für seine Heilwunder berühmt wurde«, ließ Altmann sie nicht zu Wort kommen. »Ich war fasziniert davon, wie die Legende den alten mythischen Bildern eine neue Deutung gab: —«

»Ja, genau, und das Spannende daran –!«

»— erst besiegen die beiden die kultisch verehrte Große Schlange Echidna hier in Hierapolis, ähnlich wie es auch von Apollon erzählt wird, dann wollen die Heiden der christlichen Konkurrenz den Garaus machen und stauen deshalb zwei Flüsse, um die Quelle versiegen zu lassen, worauf der Erzengel wie eine Feuersäule vom Himmel herabfährt und mit seinem Stab einen riesengroßen und unendlich tiefen Felsen spaltet, so dass das gestaute Wasser in der Kluft abfließen kann und die Heiden mit in die Tiefe gerissen werden.«

»Genau, und das Irre ist – wusstest du das? – dass die Legende auf einen schweren Erdbeben beruht, das sechzig nach Christus hier im Denizli-Becken war und Kolossae völlig zerstörte. Die ganzen Einzelheiten passen total: wie die Erde zittert und donnert und wie Flammen aus dem Wasser schlagen und der Felsen gespalten wird und die Flüsse verschluckt. Weil vorher floss der Lykos direkt bei Kolossae ungefähr ein Kilometer lang unterirdisch, das beschreibt schon Herodot als was ganz Besonderes, und durch das Erdbeben stürzte die Decke ein und auf einmal floss er durch ein Canyon statt unter die Erde. Luigi, ein Freund von Francesco, hat darüber geforscht. Das ist ein absolut super Beispiel dafür, wie die historische Quellenforschung die tektonische Analyse bestätigt. Die religiösen Geschichten klingen völlig gaga, aber dann stellt sich raus, dass sie wirklich von realen geologischen Sachen kommen, und die Religion hat sie erst später in ihren Sinn gedeutet. In Hierapolis haben sie übrigens nach den Erdbeben die Hauptstraße ziemlich genau auf der Bruchlinie gebaut, und der Apollontempel war eh schon vorher direkt über dem aktiven Bruch, genau wie an andere Orte in Anatolien oder auch in Delphi und so. Und in noch früheren Zeiten waren das natürlich alles Heiligtümer der Großen Göttin. Aber entschuldige, ich habe dich unterbrochen.«

»Nein, das ist alles sehr bedenkenswert ... und ich war eigentlich auch fertig.«

»Nein.« Hanne schüttelte energisch den Kopf. »Du wolltest von deinen veränderten Interesse erzählen, und von der Krise, die du damals hattest.«

»Die Krise. Ja.« Wieder beschuht kehrten sie den Kalkterrassen den Rücken. Altmann atmete tief durch. Er hatte die ganzen Jahre mit niemandem darüber geredet, nicht einmal mit ... Hanne. Vielleicht war der richtige Zeitpunkt gekommen; der richtige Mensch. Er wischte sich einen Schweißfilm von der Stirn. »Kurz gesagt habe ich damals in Kolossae, auf diesem kahlen Hügel über den unausgegrabenen Trümmern, meinen Glauben verloren und lange nicht wiedergefunden.« Ein langer Blick aus graugrünen Augen traf ihn, und er fühlte sich plötzlich seltsam leicht und gelöst. Schon vor der Reise, erzählte er weiter, war ihm aufgefallen, dass die Gestalt des Heilers Michael, die ihn mit solcher Hoffnung und Erregung erfüllte, von den Kirchenvätern ganz bewusst totgeschwiegen worden war. Im Kolosserbrief, in dem auch die christlichen Nachbargemeinden in Laodicea und Hierapolis erwähnt wurden, hatte Paulus bereits vor der »Verehrung der

Engel« gewarnt und damit den in der Gegend verbreiteten Engelskult, vor allem wohl Michaelskult gemeint, der ihm zu sehr auf die Linderung der irdischen Leiden und Nöte der Menschen ausgerichtet war statt auf die Erreichung des Himmelreichs. Sie sollten auf Christus bauen und sich nicht von anderen göttlichen Mittlergestalten irremachen lassen. Damit unterschieden sich die Christen von den übrigen antiken Kulten, die sich in der Regel gegenseitig tolerierten und eher bestrebt waren, Gemeinsamkeiten zu erkennen und neue Aspekte in den eigenen Kult zu integrieren, als sich von den andern abzugrenzen. Wenn mit der Ausdehnung des Reiches ein Provinzheiligtum gewissermaßen von Apollon übernommen wurde, dann nannte sich der Gott von da an mit dem Beinamen des bisher verehrten Lokalgottes, in Hierapolis etwa Apollon Kareios, und der Kult blieb im großen und ganzen intakt. Mit dem Brauch hatten eigentlich erst die Juden gebrochen, also der jüdische Klerus sozusagen, aber die jüdische Volksfrömmigkeit griff die heidnischen Bräuche natürlich trotzdem auf und ließ sich von dem allgemeinen Synkretismus anstecken. Es gab in der Gegend wohl einen großen jüdischen Bevölkerungsanteil –

»Zweitausend jüdische Familien wurden aus Babylonien nach Phrygien umgesiedelt«, warf Hanne dazwischen. »Hundert Jahre vor dem Erdbeben soll es in Laodicea elftausend freie jüdische Männer gegeben haben, in Apamea ein Stück weiter im Osten gut fünfmal so viel.« Sie blieb vor dem Eingang zum eingezäunten Komplex des Archäologischen Museums stehen. »Warte kurz, ich muss hier was holen.«

Altmann betrachtete einen kleinen graubraunen Vogel, der mit irgendetwas beschäftigt war, dann bummelte er weiter und lugte über den Zaun des »Antique Pool«, wo im Abendlicht zu türkischer Popmusik gelacht und gebadet wurde. Auch andere zog es an diese alte Stätte, genau wie ihn, aber hatte sein Suchen irgendetwas mit ihrem zu tun? Was war er für ein Pfarrer, wenn ihm die Verbindung zu den normalen Menschen kein Herzensbedürfnis war? Schritte näherten sich ihm von hinten. »Erzähl weiter«, sagte Hanne. »Wir waren bei den Juden stehengeblieben.«

»Die Juden, ja.« Altmann brauchte einen Moment, um sich zu sammeln. »Diese Juden also kannten den Kult des heilenden und schützenden Erzengels Michael, und die Christen, die unter ihnen missionierten, genauso. Unter dem Namen Michael wurde eine göttliche Kraft angeschaut und angerufen, die den Menschen über alle Religionsgrenzen hinweg Hoffnung auf Heilung und Hilfe gab. Auf die Auferstehung. Ein anderer Name dafür war Apollon. Aber die Kirchenväter sahen dadurch die Einzigartigkeit ihres neuen Gottes Jesus Christus gefährdet, der der einzige wahre Wunderheiler sein durfte, und sie verboten den Engelsdienst und schmähten die antiken Heilgötter als Scharlatane, und in Laodicea«, Altmann machte mit dem Daumen eine Bewegung über die Schulter, »dessen Gemeinde schon in der Johannesoffenbarung als lau und weder warm noch kalt gescholten wird, da fand im vierten Jahrhundert ein Konzil statt, das die Verehrung der Engel explizit als verwerflichen Götzendienst verdammte. Der Name Michael fällt nirgends, aber es ist deutlich, dass es Jesus sein soll und nicht er, der zur Rechten Gottes sitzt. Ich weiß nicht, warum dieser Widerspruch aufgebaut werden musste. Michael heißt wörtlich übersetzt: ›Wer ist wie Gott?‹, und man könnte sagen, der Name nennt Gott gewissermaßen in seinem wirkenden Aspekt, er steht nicht für irgendeine sonderliche Engelsperson, sondern für die tätige Kraft Gottes selbst. Für Luther war Michael identisch mit Jesus Christus. Na, egal. Ich weiß noch, wie ich damals in Kolossae auf diesem gottverlassenen Trümmerhügel stand und geheult habe vor Wut und Verzweiflung über diese ewige Abgrenzungssucht, diese ewige Verfolgung der Andersdenkenden. Was hatte ich mit dieser Kirche zu schaffen, dieser Machtpolitik, diesem verfluchten Parteidenken? Diesem kranken Gottesbild? Statt dass sie in Jesus denjenigen erkennen, der die Grenzen überwindet, weil er mit seinem Leben die Wahrheit bestätigt, die in allen Religionen steckt, einerlei durch wie viel kultische und dogmatische Äußerlichkeit verkleistert, schmieren sie neuen Kleister um die Wahrheit und geben nicht die Wahrheit, sondern den Kleister für alleinseligmachend aus.«

»Wow«, sagte Hanne.

Er grinste schief. »Ja, wow«, bestätigte er. Bei der Erinnerung an diese Zeit schauderte ihm, an den Geisteszustand, in dem er damals sein Pfarramt angetreten hatte. Und ziemlich wow, fuhr er nach kurzem Schweigen fort, sei auch die konsequente Militarisierung, die der Michaelskult dann im Mittelalter erfahren habe. Mit der Abspaltung des heilenden Aspektes sei nur noch die kriegerische Seite des Erzengels übrig geblieben. Von Konstantin an wurde er als großer Heerführer zum Beistand in der Schlacht angerufen. Er wurde zum göttlichen Vorbild, dem jeder christliche Ritter nachzueifern hatte, und in den diversen Artusepen und höfischen Romanen der Zeit war es nahezu obligatorisch, dass jeder Held einen Drachen erlegte, alle nach demselben Märchenmuster. Ein christlicher Märtyrer wie Sankt Georg wurde, da er ja im Kampf gegen den Teufel gefallen war, nach diesem Muster zum archetypischen Drachentöter erhoben. Die Nibelungensage brachte es auf den Begriff, wenn Siegfried nach seiner großen Tat im Drachenblut badete und mit dem Panzer, den er dadurch bekam, selbst zum Drachen wurde, selbst todgeweiht. Altmann schüttelte den Kopf. »Kurz vor meiner Türkeireise vor vier Jahren habe ich mir in Leipzig das Völkerschlachtdenkmal angeschaut, wo über dem Eingang breitbeinig ein riesengroßer Michael als deutscher Ritter steht, mit Rüstung, Schild und Flammenschwert.

In der Figur ist Gottes helfender Engel vollkommen zum Kriegs-gott in Walhalla mutiert. Er sieht aus wie Darth Vader, untrennbar mit seinem Harnisch verwachsen und unendlich leer und hoff-nungslos. Besser kann man die einseitige Armseligkeit des Mannes, der von seiner andern Seite abgeschnitten ist und nur noch trauriger Krieger sein kann, gar nicht darstellen. Ich war hinterher völlig fertig.«

»Wow«, wiederholte Hanne. »Starke Worte für ein Pfarrer, das muss ich sagen.« Sie zögerte, räusperte sich. »Mein Vater ist auch ein Pfarrer, weißt du, einer von den ganz Strengen. Wir ... wir reden nicht mehr miteinander ... das heißt, er redet nicht mehr mit mir. Also rede ich auch nicht mehr mit ihn. Dieser Glaube, den er den Leuten predigt, ist so ... so unmenschlich, finde ich, so lebens-feindlich. Er würde das mit Michael und den Engeln, was du erzählst, sicher auch Götzendienst finden. Ich bin für ihn eine Sünderin ... von Gott verworfen.« Sie holte tief Luft, blies sie lange aus. Als sie ihn mit einem Blick streifte, glänzten ihre Augen. »Oh, what the fuck.« Ihre Stimme zitterte. Sie streckte deutend die Hand aus. »Da wären wir übrigens.«

Langsam löste Altmann den Blick von ihr und wandte ihn auf ein Trümmerensemble, das sehr viel unscheinbarer wirkte als die Zyklopenmauer der Gebäuderückseite, an der sie gerade vorbei-gekommen waren. Er erkannte das Apollonheiligtum nach Bildern im Internet. Eine Freitreppe führte zu zwei Säulenstümpfen und einem fast quadratischen Tempelfundament hinauf, und dahinter kam noch eine zweite Ebene, ungefähr zwei Meter höher als die vordere und direkt auf den gewachsenen Fels gebaut, womit sie, begann Hanne in wieder sachlich gewordenem Ton zu erklären, die durch den Bruch entstandene Geländestufe überbrückte. Sie zeigte auf ein Schild, auf dem »Cin deliği / Plutonium« stand. »Schau.« Altmann trat an den Rand des erhöhten Tempels und begab sich sofort wieder die Treppe hinunter, als er in der Ecke die in die Wand eingelassene Nische sah. Der Nischenbogen wies innen ein Muschelmotiv auf, wie zum Zeichen für die Öffnung des Verschlossenen, aber darunter war der einstige Eingang bis auf ein kleines eckiges Loch zugemauert. Er streckte den Kopf hinein, so weit es ging. Ein leises Gluckern stieg aus der Tiefe auf, begleitet von warmen, stickigen Dämpfen, die ihm den Atem verschlugen. Er zog den Kopf zurück, schnappte nach Luft.

Hanne landete mit zwei Sprüngen neben ihm. »Das da«, sagte sie, »galt bisher als der Eingang zum Plutonium, und den Touristen wird es immer noch so verkauft. Dahinter geht es runter in eine kleine gepflasterte Kammer mit eine Spalte im Fels von der Hinterwand, durch die giftige Gase von der heißen Quelle kommen, die daran vorbeifließt, Kohlenstoffdioxid vor allem und Schwefelwasserstoff. Sie sagen, im Altertum war alles ganz von den Dämpfen bedeckt, und selbst große Opferstiere starben sofort, wenn sie von den Priestern hierher geführt wurden und die Dämpfe einatmeten. In der Nacht stiegen die Priester und die Eingeweihten in die Höhle runter und hatten dann ihre out-of-body experiences, wo sie die Gottheiten der Tiefe trafen und in Visionen und Träumen belehrt wurden und Orakel bekamen.«

»Aber?«, sagte Altmann.

»Aber die Höhle ist da drüben.«

Sie gingen ein kurzes Stück, bis sie vor einem Zaun standen, dessen Eingang mit einer Kette verschlossen war. Altmann fasste in die Zaunmaschen und blickte fragend von dem »No Entry«-Schild zu seiner Führerin, die lächelnd einen Schlüssel aus der Tasche zog und das schwere Vorhängeschloss aufsperrte. »Francesco hat den Lauf der Thermalquelle hier oben rekonstruiert und so die Höhle gefunden«, erklärte sie, während sie über halb ausgegrabene Mauerreste stiegen, bis sie am Rand einer von großen Quadern eingefassten Grube standen, ungefähr zwanzig Meter lang und fünf Meter breit, der Boden mit grünlichem Wasser bedeckt. Das Wasser, sah Altmann, quoll blubbernd aus einem halb versunkenen Türbogen in der Mitte der Längsseite gegenüber. Die Steinblöcke darüber sahen wie Sitzreihen aus. Er schaute Hanne fast flehend an. »Können wir da runter?«

Durch einen schmalen Zugang an der Querseite ließen sie sich in das knietiefe warme Wasser ab. Blasen perlten um ihre Beine, Algen trieben auf der Oberfläche, und wo sie hintraten, hinterließen sie auf dem grünen Boden weiße Fußspuren. Altmann watete zu dem Türbogen und erblickte dahinter den schroffen Fels und eine Spalte, die nach dem oberen Teil eines Höhleneingangs aussah. »Hier kommt jetzt die Ursprungsquelle von Pamukkale raus«, sagte Hanne, und vor Erregung stieß er einen rauen Ton aus. Die Längswand war gegliedert von ionischen Scheinsäulen, und über die ganze Länge verlief oben wie ein Architrav eine Steinleiste mit einer griechischen Inschrift, deren letzter Teil fehlte. ΠΛΟΥΤΩΝΙ ΚΑΙ ΚΟΡΗ ΤΗΝ ΨΑΛΙΔΑ ΚΑΙ ΤΟ, las er. Der Türbogen und noch etwas, wahrscheinlich die ganze Anlage, war Pluton und Kore geweiht, den Unterweltgöttern. »Das gibt's nicht«, sagte er.

»Als sie vor ein paar Jahre mit den Grabungen anfingen, war das hier ganz verschüttet«, sagte Hanne. »Dann fanden sie zwei Marmorstatuen von den Höllenhund Kerberos und eine große Schlange, so aufgewickelt, die sollten wohl so was sein wie Wächterfiguren am Eingang von der Unterwelt. Bis dann der Eingang selbst zum Vorschein kam. Zugemauert. Das Wasser stieg erst später hier rein.« Sie lachte. »Nach der Pressekonferenz in Frühjahr bekam Francesco Ärger mit den Tierschützern, weil die dachten, wir würden hier Vögel zur Demonstration umbringen, aber er hatte nur erzählt, dass in alten Zeiten die Besucher bei den Priestern Spatzen kaufen konnten und die drüben in die Spalte warfen, um die tödliche Wirkung der Dämpfen zu erleben, und gleich anschließend erzählte er, wie wir bei den Grabungen erlebt hatten, wie Vögel über der Spalte tot abstürzten. Auch das fanden die verantwortungslos. ›Speziesistisch‹.« Altmann starrte nur wie gebannt in die Höhle, als rechnete er jeden Moment mit dem Erscheinen der Echidna. Es dauerte lange, bis er sich löste.

»Mit den Grabungen hier hatte ich nichts zu tun, leider«, sagte Hanne, als sie schließlich auf den Steinreihen über dem Plutonium saßen und sich abermals die Füße an den Hosen abtrockneten, die Schuhe anzogen, »aber morgen oder so ich kann dich zu Paolo bringen, der war von Anfang an dabei und weiß alles über das.« Altmann nickte. »Ja, gern, danke.« Im Westen sank die Sonne auf die Kette der fernen Berge zu. Er stand auf, ging um die Grube herum, schaute von hier hinein, schaute übers Tal, schaute von dort hinein. Wieder von hier. Wieder übers Tal. Hanne sah ihm zu. »Dieses Land ist wirklich irre«, brach sie schließlich das Schweigen. »Es war nie eine politische Metropole, aber jahrtausendelang, denke ich, so was wie ein spirituellen Zentrum. Unglaublich, wie viele Völker und Kulturen und Religionen hier miteinander sich vermischt haben, und immer hat es die Fremden aufgenommen und sich verändert und sie verändert. Für uns heute ist das Land einfach türkisch und Punkt, aber historisch sind die Türken nur eine Schicht von vielen, die sich über das Land gelegen haben.« Altmann brummte zustimmend. Hanne zögerte kurz. »Ehrlich gesagt, so ganz habe ich noch nicht begriffen, was du hier eigentlich suchst«, sagte sie. »Du hast erzählt, dass du bei Michael an der Einheit von Streiter und Heiler interessiert bist. Paolo sagt, Apollon ist der Zerstörer, der heilt, und der Heiler, der zerstört. Willst du in deiner Doktorarbeit so ein Zusammenhang zwischen die beiden herstellen?«

Altmann wandte sich ihr zu. »Der Zerstörer, der heilt, und der Heiler, der zerstört«, wiederholte er. »Das ist gut, das ist sehr gut.« Er sann eine Weile nach. »Weißt du, vor vier Jahren ging es mir, glaube ich, noch darum, einen Glauben zu retten, der nicht zu retten war. Inzwischen ist das eigentlich Christliche für mich nichts Exklusives mehr, sondern etwas, sagen wir, Menschheitliches. Das Christentum ist ein Gefäß uralter Wahrheit, ein Gefäß unter anderen, mein Gefäß. Aber was mich heute hierher führt, ist etwas, sagen wir, Praktisches. Ich weiß nicht, ob daraus wirklich noch eine Doktorarbeit wird, aber das ist für mich zweitrangig. Lass uns morgen darüber weiterreden. Und ich würde auch gern mehr erfahren über dich und deinen Vater ... wenn dir das recht ist. Jetzt würde ich, wenn das geht, gern noch ein bisschen allein hier sitzen und beten. Wie gesagt, mein Anliegen ist eher praktischer Art.« Ein selbstironisches Lächeln verzog seine Lippen.

»Ich will Drachen töten lernen.«

Ein wüster antiker Trümmerhügel inmitten einer modernen türkischen Agrarwüste, so hatte er Kolossae vor vier Jahren innerlich abgespeichert, und auf der Fahrt mit dem Dolmuş durch die hässlichen Industriegebiete an der Hauptstraße hatte er sich gefragt, warum er sich in seiner knappen Zeit von Hanne an diesen trostlosen Ort locken ließ, der zudem für ihn mit denkbar deprimierenden Erinnerungen belastet war. Sie bestiegen den braunen Buckel in der Landschaft, von dessen historischer Bedeutung nur das Schild »Colossae« am Straßenrand kündete, und natürlich war dort oben alles noch genau so öd und leer wie vor vier Jahren. Aber – was für eine begnadete Lage! Wieso war ihm das damals nicht aufgefallen? Im Süden erhob sich majestätisch das waldige Massiv des 2500 Meter hohen Kadmos, dessen Ausläufer das Riesengrab der alten Stadt und ihre grüne Umgebung umfassten wie zwei liebende Arme. Zusammen mit dem Lykos, der im Norden das fruchtbare Tal durchfloss, bildeten sie eine natürliche Umgrenzung dieser geschützten Nische mit ihren Obstgärten, Feldern, Quellen und Bächen.

Ihm war spontan nach Singen zumute, ausgerechnet ihm, und genau in dem Moment erhob hinter ihm ein Vogel laut und klar seine Stimme, schwieg, sang wieder, schwieg und sang, immer die gleiche Strophe in ungefähr gleichen Intervallen. Als Altmann sich nach dem einsamen Baum umdrehte, auf dem er den Sänger vermutete, war Hanne bereits dort. Sie deutete ins Geäst, bis er ihn schließlich erspähte, leuchtend gelb mit schwarzem Kopf, Flügel und Oberseite bräunlich. Der Vogel ließ sich von ihnen in seinem Singen nicht stören, auch nicht, als Hanne seinen deutschen Namen wissen wollte und Altmann nur schulterzuckend seine Ahnungslosigkeit eingestehen konnte. »Auf Norwegisch heißt er Schwarzkopfspatz, wörtlich übersetzt.« Wieder ertönte das Lied. »Ist er nicht wunderschön?«

»Ja, wunderschön« bestätigte Altmann. Schon gestern in Hierapolis war ihm hier und da ein Vogel aufgefallen, ein Insekt, eine kleine Blume, Dinge, für die er erst langsam ein Auge gewann, seit Hanne, *seine* Hanne, den Pfarrgarten zu einem Ort machte, an dem er sich aufhalten mochte. Die Namen der Vögel kannte er immer noch kaum, und die wenigsten Rufe konnte er zuordnen, aber viele waren ihm inzwischen vom Anblick vertraut, und dieser gelbe Vogel dort, meinte er sicher sagen zu können, war bei ihnen zuhause nicht heimisch. Paradoxerweise schuf diese gesicherte Unkenntnis etwas wie eine emotionale Verbindung: Ich weiß, dass ich dich nicht kennen kann, und gerade dass du jedes Recht hast, mir fremd zu sein, bringt dich mir nahe.

Als wäre der Vogel mit diesem Resümee zufrieden, stieg er auf und flog Richtung Norden davon. Sie folgten ihm bis zum Rand der Hochfläche, wo sie die Ebene überschauen konnten. »Siehst du?«, sagte Hanne und wies auf eine entfernte Geländestufe, die auf der anderen Flussseite einen weiten Bogen beschrieb. »Da erkennt man noch die ursprüngliche Flussbiegung von Jahrtausende früher, bevor irgendwann der Boden hochging und unter der Erde so ein Einschnitt entstand, wo der Fluss dann reinkam und schließlich den Lauf änderte. Der Altarm mit der Biegung ging trocken. Und die kleine Schlucht dort, die in diesem Erdbeben vor zweitausend Jahren aufriss, das ist mein absoluter Lieblingsplatz, wie gesagt. Ich fahre so oft her, wie ich kann – einfach um am Abend zu kühlen, allein zu sein, auf den Felsen zu sitzen, zu baden. Mal die Klappe zu halten – ich rede zu viel. Magst du sie sehen?«

Natürlich mochte er. Deswegen waren sie ja hergefahren, nachdem sie ihm von ihrem »Kraftort« erzählt hatte: vielleicht habe er ja Lust, mal mitzukommen? Ein nettes Zögern im Blick dabei. Wo? Bei Kolossae? Hm, warum nicht. Aber der Museumsbesuch und das lange Gespräch mit Hannes Kollegen Paolo hatten ihm viel zu denken gegeben, und so war es ihm recht, mit der jungen Norwegerin, die anscheinend nicht ungern in seiner Gesellschaft war, einen entspannten Abend zu verbringen, seinetwegen auch in Kolossae. Auf einem Feldweg gingen sie durch die großenteils schon abgeernteten Wein- und Obstgärten. Von einem Feigenbaum pflückten sie sich eine Wegzehrung. Sie steckten sich ein paar Walnüsse ein. Sie würde dort oben am liebsten sofort zu graben anfangen, sagte Hanne kurz zurückblickend, aber daran war bis auf weiteres nicht zu denken: kein Geld. In Hierapolis war sie erst spät dazugestoßen, und ohnehin war sie noch eine blutige Anfängerin, aber jede freigelegte Hausecke, jede Scherbe, die im Sieb zurückblieb, war für sie ein handgreiflicher Kontakt zu ihren Mitmenschen, auch wenn die schon lange tot waren, eine Verbindung über die Grenzen von Raum und Zeit hinweg. Gerade das machte für sie den Reiz der Archäologie aus.

»Was du gestern über das ›Menschheitliche‹ gesagt hast, fand ich super: dass die ›Gefäße‹ ungleich sind, aber in Innern steckt das Selbe. Die Unterscheidung gibt es, glaube ich, nur in deutsch: gleich und selb. Vor kurzem war hier bei uns eine Religionshistorikerin aus Israel, Yulia, die forscht darüber, wie im Altertum Höhlen benutzt wurden, um Leuten zu isolieren und sie die Reizen zu entziehen, damit sie in andere Bewusstseinszustände kommen. Sie sagt, solche Erfahrungen und Praktiken hat es zu allen Zeiten überall gegeben, bei den Griechen, bei Schamanen, in der Bibel, in Islam, und daran sieht man die allgemeinen neurologischen Eigenschaften des menschlichen Geistes. Wenn die äußeren Sinnesreize ausgeschaltet werden, ist das der Trigger, dass die Leuten Visionen und Halluzinationen haben, und die deuten sie dann als Orakel oder prophetische Offenbarung oder so und schreiben sie übernatürlichen Kräften zu, Kybele oder Apollon oder Michael, je nachdem. Für sie kommt das davon, dass Endorphine ausgestoßen werden und andere chemische Sachen im Körper passieren, wo dann die Synapsen feuern. Auch wenn Kranke kommen, und die Priester schicken sie zum Schlafen und Träumen in dunkle Höhlen, dann werden die Selbstheilungskräfte aktiviert, und weil die Leuten damals die neurologischen Hintergründe nicht kannten, dachten sie, die Heilung kommt von den Göttern. Sagt Yulia.« Sie blickte Altmann unsicher an. »Mir gefällt der Gedanke, dass es eine gemeinsame natürliche Basis gibt, wo alle Menschen miteinander verbunden sind. Wo kulturelle Grenzen keine Rolle spielen.«

»Ich hätte die Hoffnung, dass es nichts Chemisches oder Neurologisches ist, was die Menschen verbindet«, sagte Altmann. »Gegen andere Bewusstseinszustände habe ich gar nichts, aber hinter dem Abstieg in die Dunkelheit, die Unterwelt, stand, glaube ich, ein tiefes Wissen um das Licht, um den Aufgang des Lichts. Damaskios erlebte nach dem Abstieg ins Plutonium in einem Traum, wie die Göttermutter seine Rettung aus dem Hades feierte. Das Ziel war die geistige Befreiung durch die Einweihung in die Wirklichkeit jenseits der materiellen Zusammenhänge, wo wir erkennen, wer wir in Wahrheit sind, woher wir kommen und wohin wir gehen, wo wir wohnen und was wir hier tun. Die Macht, die uns diese Erkenntnis normalerweise verschließt, muss überwunden werden, was völlig überflüssig wäre, wenn die gültigen Erklärungsmuster –«

»Schau«, unterbrach Hanne ihn und blieb stehen.

Sie hatten das Ende des Weges erreicht. Rechts versperrte ein Dornengestrüpp den Zugang nach unten zum Fluss, links erhob sich mehrere Meter hoch ein Steilabbruch, den Rinnsale und kleine Wasserfälle im Lauf der Zeit in eine einzige große Skulptur verwandelt hatten, braungrau und grün mit Moos und Flechten überwachsen. Den bizarren Formen war nicht mehr anzusehen, was Fels, was Erde und was Wurzelwerk war, und durch das Fließen, Rieseln und Triefen allüberall sah es aus, als wäre die ganze lange Wand selbst in Bewegung, ein riesiger lebender Organismus. In der Erdschicht, von der alles überzogen war, ähnliche feine Wellenstrukturen wie im Sinterkalk von Pamukkale. Es war der Moment des Tages, wo das warme Licht der sinkenden Sonne wie ein Abschiedsgruß auf den Schattenplatz fiel. Ein Gefunkel wie von hunderttausend Edelsteinen. Sie standen und schauten schweigend.

Um zum Fluss zu gelangen, mussten sie wieder zurück auf die Höhe der Obstgärten, wo Hanne zwei Büsche teilte und ein Trampelpfad zum Vorschein kam. »Weißt du«, sagte sie, während sie dem steilen und stellenweise zugewucherten Weg nach unten folgten, »ich glaube, Drachenhöhlen und Reizentzug und so, das ist einfach nichts für mich. Ich bin mehr für mehr Reiz, nicht weniger. Wenn ich überhaupt in andere Bewusstseinszustände komme, dann wenn ich die Sinnen anschalte, nicht aus. Ich brauche die direkte Berührung mit Sachen, mit Menschen, mit Natur.« Altmann brummte verstehend, während er sich bemühte, nicht auszurutschen. »So, da wären wir.«

Der Weg endete auf einem Felsen, von dem aus man mit einem beherzten Sprung ans andere Ufer gelangen konnte. Er folgte Hannes Blick flussaufwärts, wo die Schlucht sich verengte. Wie eine Pforte, ein Eingang zu einem geheimen Reich. Zwischen großen Felsen kam das Wasser geschossen, bildete Becken, Stürze, Schnellen. Die Felsen grotesk verformt, wie im Quirlen erstarrter Teig, darüber ungefähr zehn Meter hoch die Schicht der vor zweitausend Jahren aufgebrochenen Erde. Ihre Geschichte lag klar zutage, sie erzählte sie quasi selbst. Auch hier wieder Fels, Erde und Holz in verschlungenen, welligen, knotigen Formen zu einer Einheit verbunden. Ein uralter Wurzeleinschluss kaum zu unterscheiden vom Stein, der seinerseits aussah wie knorriges Holz. In den Ästen der Bäume jedoch hatte sich außer natürlichem Treibgut auch angeschwemmter Plastikmüll verfangen, mannshoch und höher über dem aktuellen Wasserstand, unvermeidlicher Tribut an moderne Zeiten.

»Wenn wir ein Stück weiter in die Schlucht hineinsteigen, kommt eine Stelle, die finde ich wie das Paradies«, sagte Hanne. »Da bade ich immer. Ich finde das Wasser hier irgendwie noch anders erfrischend als anderswo, nicht nur körperlich, und mich hat auch noch nie jemand gestört hier.« Sie sah ihn von der Seite an. »Man muss ein bisschen klettern und springen – magst du?«

Altmanns Antwort kam nur als raues Krächzen heraus. Direkte Berührung, dachte er. Innen in außen übersetzt. Praktisch lud diese Frau ihn in den Garten ihrer Seele ein. Ein verschlossener Garten ist meine Schwester, ein versiegelter Born. Er räusperte sich.

»Ja«, wiederholte er.

8 Hanne war glücklich. Ihre kleine Familie. Ein ums andere Mal warf Jonathan jubelnd die Arme in die Höhe, und Vater und Mutter, die ihn rechts und links an der Hand hielten, zogen ihn übermütig noch ein Stück höher. »Ihr reißt ihm ja die Arme aus!«, rief Inka, die neben ihr ging, mit halb gespielter Sorge. Lachend schüttelte Hanne den Kopf und stimmte mit den anderen in die Strophe ein, die der Kinderzug vor ihnen immer wieder skandierte:

»Fort mit dir, du Goliath,
wir wollen dich nicht in unsrer Stadt!
Wir treiben dich aus Berg und Tal
und bringen dich gewiss zu Fall!«

Wie Jonathans Augen leuchteten, wenn er zu Michael aufschaute! Das Verhältnis der beiden hatte sich verändert, fand Hanne, es war inniger geworden, vor allem von Michaels Seite. Als ob der anfangs freudig begrüßte, aber lange nicht recht einzuordnende Sohn endlich einen Platz in seinem Leben gewonnen hätte. Im ersten Jahr der Familie in Treckingen, und dann natürlich in der Zeit der Trennung, schien Michael den Buben in erster Linie als Fremdkörper wahrzunehmen, für dessen pflichtgemäße Versorgung er sich irgendwie mit zuständig fühlte, aber auf den er darüber hinaus entweder mit Rückzug oder mit zerstreuter Halbanwesenheit und distanzierten Sprüchen reagierte. Vorlesen ging noch am besten. Ein paarmal platzte ihm auch der Kragen, wenn der kleine Quälgeist überhaupt keine Ruhe gab, und dabei ging regelrecht eine körperliche Verwandlung mit ihm vor, die ihn selbst erschreckte. In solchen Momenten glich er in der Haltung und vor allem im scharfen Ton sehr seinem Vater, dem er sonst überhaupt nicht ähnlich sah. Für so etwas wie ein entschiedenes männliches Auftreten hatte er niemals eigene Formen entwickelt, und in den fremden, in die er in Extremfällen verfiel, kannte er, sagte er, sich selbst nicht. Hinterher tat es ihm leid, und er entschuldigte sich, bei ihr wie bei Jonathan, und sie begriff, dass sein Verhalten, so unmöglich es war, ehrlicher Hilflosigkeit entsprang. Es war menschlich verständlich. Wenn er hingegen mit seinem abständigen Gerede anfing vom Kind als Fremdling in dieser Welt, dessen Fremdheit etwas Heiliges sei und den man nicht vorschnell zum Einheimischen erklären und nach einheimischen Spielregeln abrichten dürfe, wurde es ihr zu viel. Diese Weltflucht-leier, schien ihr, kannte sie nur zu gut. Sie fühlte sich davon persönlich beleidigt in der schlimmen Zeit damals, wo sie durchgängig so wütend war, dass sie fast alles, was er sagte, als Beleidigung empfand. Erlösung aus dem Jammertal sei das letzte, was sie wolle, giftete sie ihn an, im Gegenteil, sie verabscheue es zutiefst, wenn irgendwelche von allen guten Geistern verlassenen Kräfte alles dafür taten, dass die Erde tatsächlich zum Jammertal wurde, einerlei mit welcher Rechtfertigung. Sie werde ihren Sohn ganz gewiss nicht dazu erziehen, sich hier auf der Durchreise zu fühlen, von der Sorte gab es schon viel zu viele, diese Typen, die wie Aliens durchs Leben geisterten und hinter sich verbrannte Erde zurückließen. Das scheinheilige Gerede von der fremden Wüste der Welt, durch die man irrte, bis man endlich den Heimweg fand, war in ihren Augen nicht christlich, sondern bestenfalls neuplatonisch. Er wollte sich damit doch nur darum herumlügen, dass er keinen wahren Bezug zu sich selbst hatte und auch nicht zu seinem Sohn. Sie wollte auf der Erde heimisch sein, die Gott in ihre Obhut gegeben hatte, und sie hatte fest vor, dieses Gefühl von Heimat und Geborgenheit auch an ihren Sohn weiterzugeben.

Ja, Michael hatte seither eine Veränderung durchgemacht, und der beste Beweis dafür war die geradezu kindliche Offenherzigkeit, mit der er inzwischen seinem Sprössling begegnete, mit ihm spielte, erzählte, Quatsch machte. Als ob ein alter Knoten geplatzt wäre. Und Jonathan genoss es sichtlich. Hanne sah, wie er seinen Vater zu sich hinunterzog und ihm nach vorn deutend etwas ins Ohr sagte, und dieser nickte erst ihm und dann Inka und ihr schmunzelnd zu und lief mit dem Kleinen los, um eines der im Zug weiter hinten gehenden Mädchen, es war Assja, leihweise um ihren Stock zu bitten. Da hatte er sich die richtige ausgesucht, Assja war ein Schatz. Freundlich drückte sie Jonathan die Haselrute mit den bunten Kreppbändern in die Hand und strich ihm über den Kopf, doch der kriegte es vor lauter Aufregung schon nicht mehr mit und zog seinen dankenden Vater ungeduldig durch die Schar der singenden, bimmelnden und stechenden älteren Kinder weiter zum großen Goliath. Aus nächster Nähe allerdings war ihm die schwarzgekleidete mannshohe Strohpuppe mit der schwarzen Maske, die Jannis, der größte und stärkste Bub des Jahrgangs, im Fahnengurt vor dem Bauch trug, doch nicht ganz geheuer, und sein Papa musste erst einmal den Stock mit halten und führen, ehe er sich traute, es wie die Größeren zu machen und der Puppe selbst die Spitze in den Leib zu stechen. »Fort mit dir, du Goliath!« Er fasste Mut, und nach zwei, drei gemeinsamen Stößen schob er Michaels Hände fort und wollte es allein machen und war dabei bald so ungestüm, dass dieser ihn ein wenig bremsen musste, damit er niemand anders mit seinem Stock traf.

Was für eine gute Idee, diesen nahezu eingeschlafenen Brauch wiederzubeleben! Und kaum zu glauben, dass Michael darauf gekommen war. Als sie beide im vorigen Jahr von Mitleid geschüttelt das trostlose Kindergrüpplein durch den Nieselregen stapfen sahen, hatte er laut überlegt, ob man das Goliathstechen nicht zu einem alljährlichen Projekt der Konfirmandengruppe machen konnte. Aber ja! Sie war sofort überzeugt. Zu dem Zeitpunkt hatte sie gerade die Pfarrstelle übernommen, und alles, womit sie frischen Wind in die Gemeinde bringen konnte, war nach ihrem Sinn. Und die Kinder fanden es toll, dass jetzt sie praktisch dafür zuständig sein sollten, die Tradition ihrer Heimatstadt weiterzuführen und neu zu beleben, und waren mit Feuereifer dabei, den Strohmann und die Bänderstöcke zu basteln, den Streit einzuüben und das Stechen und Dreschen, den Umzug zu organisieren, die Brezgen zu backen, die Eier zu kochen, den Punschstand mit aufzubauen und was sonst noch zu tun war. Auch für die Hintergründe interessierten sie sich, und da profitierte sie wieder von ihrem sagenkundigen Gatten. Für das praktische Basteln und Machen wäre er ungeeignet gewesen, aber die Verbindung des Winteraustreibens mit der biblischen Geschichte, die es in der Form nur in ihrer Stadt gab, hätte sie den Kindern ohne ihn nie so gut verständlich machen können.

Anfangs hatte sie abgewinkt: Goliath war natürlich der Drache, und der Winter war der Drache, und der Tod war der Drache, alles, worauf Michael Altmann den Blick richtete, war der Drache und die Morgenröte und die Geburt des Kindes. Schließlich jedoch fand auch sie es einleuchtend, dass irgendeine tiefer blickende Lokalgröße im Mittelalter den mythischen Kern der Goliathgeschichte intuitiv erkannt und dieses kuriose Amalgam geschaffen haben musste, das die Umwandlung des Mythos zur historischen Episode im Krieg zwischen Israeliten und Philistern gewissermaßen rückgängig machte, indem es diese auf das volkstümliche Todaustragen und Winteraustreiben übertrug. Auch die

Symbolik des Eis, aus dem das Leben hervorfließt, nachdem die steinerne Schale gesprungen ist, und der Brezge als essbare Darstellung der Schlange, die dieses Fließen versinnbildlicht, leuchtete unmittelbar ein, wenn er sie erklärte. Irgendwelche Allgemeinheiten von Fruchtbarkeit und Unendlichkeit hätte sie auch von sich geben können, aber ihm standen die Hintergründe solcher alten Bräuche und Bilder mittlerweile offenbar so unverschleiert vor Augen, als hätte er sie sich soeben persönlich ausgedacht.

Und wenn, war es auch egal.

»Fort mit dir, du Goliath!«, rief Hanne laut, als Michaels Blick ihrem begegnete, und machte Grimassen schneidend Jonathans stechende Bewegung nach. Seine Erklärungen waren gut und schön, aber das wichtigste war, dass er Spaß daran hatte, mit seinem Sohn bei diesen Bräuchen mitzuspielen.

Bevor der Spaß sich erschöpfte, erreichte der Zug den vom späten Neuschnee geräumten Marktplatz, wo zum Abschluss das eigentliche Goliathstechen stattfand. Alle bildeten einen Kreis um den schwarzen Mann, und aus der Kinderschar trat ihm nun der David entgegen, dargestellt von Amelie, dem kleinsten Mädchen der Konfirmandengruppe. »Oho«, machte der Goliath in prahlerischem Ton, »ho ho ho ho!« Von ihm war verlangt, dass er bei diesem Streit kein Wort sagte, sondern nur unartikulierte Laute ausstieß, dabei aber die großspurige Selbstgewissheit zum Ausdruck brachte, dem kleinen Wicht, der da gegen ihn zum Kampf antreten wollte, unendlich überlegen zu sein. Jannis machte das hervorragend, und da er mit dem Stimmbruch schon durch war, bekam er auch eine richtig tiefe Brummstimme hin. »Und wenn du dich noch so sehr aufbläst und hoho machst«, piepste Amelie tapfer, »dich stoß ich aus dem Hemd, du wirst schon sehen!« So ging das eine Weile, in der das Hoho des Goliaths immer lauter und drohender und das Kreischen des Davids immer schriller wurde, bis schließlich die umstehenden Kinder mit ihrem Glockengebimmel und »Fort mit dir!«-Gebrüll alles übertönten und Amelie/David Anlauf nahm und ihrem Widersacher den extra langen Stock in die Brust rammte. Mit großem Geheul ging der Goliath zu Boden, worauf alle Kinder mit ihren Stöcken auf die Strohpuppe eindroschen und sie völlig zerfledderten. Zuletzt kamen die vier Fackelträger und zündeten die kläglichen Überreste an, und als von dem Stroh nur noch ein Aschehäufchen übrig war, sangen alle das »Sommer, Sommer, Maie«, das bei dem wieder einsetzenden Schneegeriesel allerdings ein wenig absurd wirkte. Rasch wurden die Brezgen und die hartgekochten Eier verteilt und neben dem Kinder- auch ein Erwachsenenpunsch ausgeschenkt, und nachdem sich alle gestärkt und von ihrer Heldentat erholt hatten, zerstreute sich die Menge im Abendlicht nach Hause.

»... freut mich unheimlich für die Kinder, und die kleine Amelie wird bestimmt noch lange davon erzählen, wie sie als David den großen Goliath zu Fall gebracht hat. Nein, was mich beschäftigt, ist, dass solche alten Bräuche und Feste nur noch für die Kinder gefeiert werden, angefangen von Weihnachten und Ostern bis zum kleinsten dörflichen Winteraustreiben. Für die Erwachsenen hat das alle tiefere Bedeutung verloren. Was früher einmal so was wie der tragende Untergrund ihres Lebens war und ihnen Halt und Kraft und Orientierung gab, das ist heute nur noch ein Mumpitz, den sie zur Kinderbelustigung aufführen. Statt dass die Kinder im heiligen Spiel in einen solchen Untergrund eingeführt werden, initiiert werden, stehen die Erwachsenen bis zum Hals im Schlamm der vermeintlichen Realität und veranstalten für die Kinder bloß ein traditionelles Kasperletheater, in dem sie zwar selbst keinen Sinn mehr sehen und das ganz gewiss ihr alltägliches

Leben nicht mehr trägt, aber von dem sie gerade noch ein paar Bruchstücke drauf haben. Dabei wäre es unendlich heilsam für sie, wenn sie selbst noch einmal auf solche Art zu Kindern werden und den Sinn ihres Daseins im Spiel entdecken könnten. Lasset die Kinder zu mir kommen: damit bewirbt sich Jesus nicht für einen Job in der Kita, sondern er sagt, dass wir alle wieder zu Kindern werden müssen, um zu ihm zu finden.«

Inka lachte. »Absolut! Wobei ich es in dem Fall toll fand, dass der David von einem Mädchen gespielt wurde. Letztlich ist das sogar stimmiger, nicht wahr, wenn man bedenkt, dass der Goliath eigentlich den Winter und der David den Sommer symbolisiert, die männliche Härte und Kälte gegen das weibliche Grünen und Blühen und Fruchten sozusagen. Aber klar, die Menschen von heute sind nicht mehr in den Jahreslauf und die natürlichen Rhythmen eingebunden, auch auf dem Lande nicht, und von daher können sie immer weniger mit den Festen anfangen, die ursprünglich ja genau diesen Kreislauf des Lebens feiern und die allgegenwärtige weibliche Schöpfungsenergie, die darin zum Ausdruck kommt. Schon die Umdeutung der Mythen zu historischen Ereignissen in einem linearen Geschichtsablauf, die wir in der Bibel haben, die entfremdet die Menschen von diesen kosmischen Zyklen und macht aus der ewigen Wiederkehr der weiblichen Urkraft eine Abfolge einmaliger Akte vor ewig langer Zeit, die künstlich erinnert werden müssen und naturgemäß leicht in Vergessenheit geraten.«

»Sagen wir mal so, das mythische Motiv, aus dem im Buch Samuel der Kampf von David und Goliath wird ...«

Hanne zögerte kurz, dann trat sie von der Tür zurück. Es hatte lange gedauert, bis der aufgedrehte kleine Jonathan eingeschlafen war, und ein wenig hatte sie ein schlechtes Gewissen dabei gehabt, Michael die ganze Zeit mit Inka allein zu lassen. Sie wusste, dass er ihre alte Bonner Freundin und Ex-Kommilitonin mit ihrer manchmal doch recht plakativen »Thealogie« leicht anstrengend fand, und hatte eigentlich vorgehabt, Jonathan ihm zu überlassen, doch der wollte heute von der Mama ins Bett gebracht werden, unbedingt, da war nichts zu machen. Bei Inkas bislang einzigem Besuch in Treckingen vor Jahren hatte Michael gereizt auf sie reagiert und war humorlos und grundsätzlich geworden. Grundsätzlich klang es auch jetzt wieder, was da aus dem Wohnzimmer in den Flur drang, aber nicht gereizt. Gar nicht. Sie setzte sich auf die Treppe und hörte genauer hin. Was Michael über die rituelle Wiederholung des Uranfangs im babylonischen Neujahrsfest und die Gestalt des toten und auferstandenen Gottes im Vorderen Orient sagte, war ihr hinlänglich bekannt, aber dass er so ruhig und freundlich mit Inka redete, sich nicht ereiferte, sie ausreden ließ, ihr recht gab, seinen Widerspruch scherzhaft formulierte, daraus sprach eine neue Selbstsicherheit. Und seit der Rückkehr aus der Türkei war sie noch ausgeprägter als vorher, wollte ihr scheinen.

Zunächst hatte sie als Grund seiner anhaltenden guten Laune ihre junge norwegische Namensbase – sagte man das? – in Verdacht gehabt, die ihn nach eigenem unschuldsäugigen Geständnis zum gemeinsamen (vermutlich nackten!) Baden an ihren »Kraftort« mitgenommen und an der er überhaupt großes Gefallen gefunden hatte, zumal das Gefallen gegenseitig zu sein schien, denn sie schrieb ihm immer noch, und im letzten Brief hatte sie ihn sogar nach Oslo eingeladen – na ja, »gerne auch mit der Familie«, aber das war bestimmt nur pro forma gesagt. Andererseits ging es in den Briefen angeblich vor allem um Lebenssinnfragen und um das Verhältnis zum Vater, und ein paar Stellen hatte Michael ihr auch vorgelesen. Vielleicht sollte sie es ihm einfach gönnen, von einer interessanten jungen Frau bewundert zu werden, und sich den Gedanken aus dem Kopf schlagen, seine euphorische Stimmung bei der Rückkehr müsste einer Urlaubsflamme geschuldet sein. Die Mail aus dem Hotel jedenfalls, deren Erkenntniseligkeit sich zumindest emotional auf sie übertragen hatte, konnte noch gar nichts mit dieser andern Hanne zu tun gehabt haben, und dass er die Nacht vor dem Eingang des antiken Plutoniums allein verbracht hatte, war sie bereit ihm zu glauben.

»... wir uns ja einig, dass unter der biblischen Oberfläche eine verdrängte ältere, matriarchale Tradition liegt, und die gilt es eben in einer zeitgemäßen postpatriarchalen Spiritualität wieder ans Licht zu bringen. Die Kirche hat ja die alten heidnischen Kulte mit ihrer Version der Heilsgeschichte nur überlagert, aber so veräußerlicht und nahezu sinnentleert ihre Relikte heute natürlich sind, so enthalten sie doch in Spurenelementen ein uraltes Wissen, an das sich in Spiel und Tanz und Gebet erst einmal wieder anknüpfen lässt. Im Prinzip sind es ja Feiern der in uns und allen Dingen wirkenden Kraft, der mütterlichen Fülle des Daseins, in der wir geborgen sind, aus der wir zusammen mit allen anderen Geschöpfen geboren werden und in die wir wieder eingehen, um in anderen Wesen neu geboren zu werden. Die Kirche versucht zwar seit zweitausend Jahren, den Menschen Weihnachten, Ostern, Pfingsten und so weiter als Stationen im Leben Jesu beizubringen, aber natürlich haben Weihnachtsbaum und Ostereier einen ganz andern Ursprung. Mit Auferstehung ist eben in Wahrheit nicht das Abheben von der Erde in das ferne Jenseits eines abgetrennten richtenden Vatergottes gemeint, sondern die Wiederkehr des Lebens und der Frühlingssonne nach der Gefangenschaft in der dunklen Unterwelt des Winters. Genau wie Attis oder Adonis, ja ursprünglich wie Jahwe selbst ist Christus der Sohn und Geliebte der Großen Mutter, der im heldenhaften

Kampf mit dem Tod stirbt, um dann von ihr gerettet und aus der Unterwelt erlöst zu werden.«

Hanne hörte Michael aufstehen und Wein nachschenken. »Na, Jonathan ist von der Feier der Großen Mutter offenbar so hingenommen, dass er auch die kleine gar nicht mehr gehen lassen will«, sagte er mit seinem typischen leise brummenden Lachen. »Tut mir leid, Inka, aber ich sehe das anders. Die Überwindung des Todes, ob jetzt als Drachenkampf oder als Unterweltsgang erzählt, ist keine Allegorie für das Reifen der Feldfrucht. Es ist die Erfahrung des Erwachens aus der Unterwelt, in der wir hier und jetzt leben, in diesem Augenblick, und diese Erfahrung ist es, die den menschlichen Gemeinschaften ihre Mitte gibt und unter Umständen zur Stiftung von Religionen führt. Sie ist die Schöpfung im Anfang der Zeit, denn mit ihr wird die Gemeinschaft erst begründet, mit ihr hebt die Zeit erst wirklich an. Die Riten, in denen diese Erfahrung den Mitmenschen vermittelt und eingeprägt wird, sind immer eine Übersetzung in den anderen, alltäglichen Erfahrungsbereich des Volkes. Nur wenn das Weizenkorn in die Erde fällt und stirbt, bringt es Frucht, lautet die Lektion, und dieser Gedanke, der in allen antiken Mysterien zentral war, lässt sich natürlich wunderbar am Kreislauf des Jahres veranschaulichen, und noch im Dreschen lässt sich das Zerschlagen der leiblichen Hülle und die Befreiung des inneren Korns aus der äußeren Spreu bildhaft begreiflich machen. Klar, wenn das Mysterienwissen nicht wachgehalten wird, bleibt am Schluss nur noch der oberflächliche Bezug auf den Jahreslauf und die landwirtschaftliche Arbeit bestehen, und der auferstehende Gott ist nicht mehr der Urmensch, der sich am Kreuz der Welt opfert, sondern ein bloßer Fruchtbarkeitsdämon, der die Natur wieder grünen und blühen lässt. Ein anderes Bild für das selbe Mysterium ist die Morgenröte, die das Sonnenkind gebiert, und wenn wir davon ausgehen, dass ...«

Ja, irgendetwas hatte er wohl zu fassen mit seinem Urmenschen und seiner Morgenröte, ihr monomanischer Mann, und es ging ihm dabei durchaus nicht um Weltflucht, das hatte sie ihm seinerzeit nur im Zorn unterstellt, sondern um den richtigen, den für ihn richtigen Weltbezug. Ihr eigener Weltbezug war anders, selbstverständlicher, nicht so unendlich gedankenverschlungen und mühsam und kompliziert, und darin traf sie sich sicher mit Inka, auch wenn die es nicht lassen konnte, solche abstrakten Diskussionen anzuzetteln. Inkas Artikel in der *Schlangenbrut* hatte sie früher gern gelesen und anregend gefunden, aber in den letzten Jahren war diese Reflexionsebene für sie nebensächlich geworden, und der einzige Artikel, den sie vor Jahren zu der Zeitschrift beigesteuert hatte, handelte ganz platt und unmittelbar von der Körpererfahrung beim Motorradfahren. Es war ihr als gute Idee erschienen, die Freundin an Lätare zu einer Gastpredigt einzuladen, aber währenddessen waren ihr doch Zweifel an der sehr freien Auslegung des 84. Psalms gekommen, und ein wenig reumütig hatte sie sich zu erinnern versucht, was Michael damals wirklich zur Fremde und zum Jammertal gesagt hatte. Gewiss wollte auch sie alles tun, um das »dürre Tal« in den »Quellgrund« zu verwandeln und in den »Vorhöfen des Herrn« ein Nest für die Jungen zu bauen, aber sie hatte den Verdacht, dass dazu mehr und anderes vonnöten war als Jahreszeitenfeste und die Anrufung der dreifaltigen Göttin.

»... zum Beispiel dass der Goliath nicht spricht, sondern nur unartikulierte Schreie ausstößt. Ein großartiges Detail. Der eigentliche Kampf, heißt das, wird geführt gegen das eigene Stumm- und Starrsein, und erst wenn die singende Menschenstimme den stummen Bann bricht und den Drachenfels sprengt und die Wasser des Geistes wieder fließen –«

Es reichte.

»Wenn jetzt nicht auf der Stelle Wein in mein Glas fließt, stoße ich auch unartikulierte Schreie aus«, rief Hanne aus dem Flur und stand von der Treppe auf.

Sie wollte ihn, hatte ihn schon den ganzen Tag gewollt und zeitweise Mühe gehabt, es vor Inka nicht allzu offensichtlich erscheinen zu lassen. Und er kam gern zu ihr, und nahm sich Zeit wie früher, und drehte sie schließlich in die geliebte Motorradstellung. Ja, genau so hatte sie es sich gewünscht, als sie vor drei Tagen das Ergebnis des Schwangerschaftstestes bekam und sich vornahm, mit der Eröffnung zu warten auf einen Moment wie diesen. Einen Moment der völligen Verschmelzung. Viel besser konnte eine Heilige Hochzeit auch nicht sein. Es war eine. Hinterher lagen sie lange Arm in Arm, und sie schmiegte sich an ihn und spürte an seiner Haltung, dass er sich fragte, warum sie das Licht anließ und keine Anstalten zum Einschlafen machte. Sie lauschte seinen Atemzügen. Sie liebte sogar sein Schweigen. Zärtlich biss sie ihn in den Hals. »Geliebter Held, ich darf dir die freudige Mitteilung machen, dass dein Kampf an einer Front bald von Erfolg gekrönt sein wird. Die Geburt des Kindes ist nur noch eine Frage der Zeit.«

9 Schon vor der Treppe zur Fußgängerunterführung hörte er die Stimmen, schrill und aufgebracht die weiblichen, die männlichen höhnisch und pöbelnd, und als er mit schnellen Sprüngen in den Tunnel einbog, sah er am andern Ende rangelnde Schatten. Ein in die Luft gereckter Arm fuchtelte mit einem Stück Stoff herum, nach dem eine kleinere Gestalt mit aufgelösten Haaren vergeblich sprang. Zwei andere Arme versetzten ihr einen groben Stoß. Altmann lief los, ohne nachzudenken. »... herrschen deutsche Sitten, du Türkenschlampe!«, verstand er. Er riss den vordersten Pöbler zurück, ein bulliges Schwergewicht, fast einen Kopf größer als er, stellte sich schützend vor die beiden Mädchen und fuhr die drei Burschen mit den kurzgeschorenen Schädeln scharf an: »Ihr wollt –

Aus seinem Mund kam die Stimme seines Vaters. Augenblicklich war die Jahre zurückliegende Szene wieder präsent: wie sie beim Abendessen gesessen und draußen lautes Grölen gehört hatten: »Deutschland den Deutschen!«, oder irgend so ein Schwachsinn, dann Streitgeräusche, und wie sein Vater mit einem kurzen Blick aus dem Fenster auf die Straße geeilt war. Er hinterher, die haltende Hand der Mutter abschüttelnd. Siebzehn oder achtzehn musste er gewesen sein, so wie diese Jungen hier. Die Schläger damals waren älter, vielleicht Ende zwanzig, Mitte dreißig, und sie waren dabei, auf einen dunkelhäutigen Mann einzuprügeln und -zutreten. Als Michael zum Gartentor hinausschoss, hatte sich sein Vater schon vor den am Boden liegenden Ausländer geschoben, blickte mit seinen eins vierundsechzig zu den verdutzten Glatzen auf und herrschte sie in seinem schneidendsten Kasernenton an: »Sie wollen Deutsche sein? Das glauben Sie doch wohl selbst nicht! Ein deutscher Mann hat Ehre im Leib! Ehre! Schon mal gehört? Für einen deutschen Mann ist es Ehrensache, dass er sich nicht an Schwächeren vergreift, verstanden? Da spielt die Hautfarbe keine Rolle. Meinungsverschiedenheiten werden ehrlich ausgetragen, verstanden? Feiglinge, die zu fünft auf einen Einzelnen losgehen, sind es nicht wert, Deutsche zu heißen! Merken Sie sich das gefälligst!« Ihrer drohenden Haltung nach zu urteilen hätten die Männer normalerweise keine Skrupel gehabt, auch einen Landsmann zu vermöbeln, der ihnen dumm kam, aber mit irgendwas kaufte dieser Alte ihnen den Schneid ab. Sein Vater fixierte einen der fünf, den er anscheinend als Anführer ausgemacht hatte. »Sie da, haben Sie gedient?«, fragte er mit befehlsgewohnter Stimme, und als der Mann das stockend bejahte, wurde er nach seiner Einheit gefragt und nahm dabei tatsächlich Haltung an. Michael war die ganze Zeit auf Abstand geblieben und hatte die Szene mit einer in der Brust brennenden Mischung aus Abscheu und Bewunderung verfolgt. »Eine Schande, dass Klopke scheint's nicht in der Lage ist, seinen Männern Anstand beizubringen«, hatte sein Vater noch geknurrt, bevor er die Schläger aufforderte, sich zum Teufel zu scheren, und sich um den am Boden kauernden Schwarzen kümmerte, einen Äthiopier.

»– Männer sein?«, hörte Altmann sich bellen. »Dazu reicht euer Mut wohl gerade noch, was? Dass ihr euch an Mädchen vergreift! Habt ihr keine Ehre im Leib?« Sein Blick ging von dem vorn stehenden Dicken zu den beiden anderen Jungen, und seine Augen wurden weit. Der mit dem Stück Stoff in der Hand war – Tim.

Was machte der in Ulm? Krachend kippte die Welt aus den Angeln, als ein Faustschlag ins Gesicht ihn auf den Asphaltboden beförderte. »Spinnst du? Du kannst doch nicht ...«, hörte er es noch hallen.

Als er wieder zu sich kam, hielt eine der beiden jungen Frauen seinen Kopf, und die andere tupfte ihm mit einem Tempotaschentuch die Mundregion ab. Ihr Kopftuch, grüngemustert, hatte sie wieder umgebunden. Die jugendlichen Schläger waren fort. Das nächste Tempo wurde aus der Packung gerissen, das alte flog auf den Boden. Es war rot. Altmann betastete sein Gesicht. Das Nasenbein war anscheinend nicht gebrochen, obwohl sich die Nase zermatscht anfühlte und furchtbar weh tat. Der Mund auch. Er stöhnte. Die Unterlippe war geschwollen, fühlte er, aber die Zähne wackelten nicht. Als er die Hand wegnahm, war sie blutig. Das Mädchen mit dem grünen Kopftuch reichte ihm ein Taschentuch. »Die Saukerle, die dreckigen!«, schimpfte sie im breitesten Schwäbisch. »Wenn mein Bruder dagewesen wäre, der hätte was erleben können, der Fettsack. Aber dass Sie dazwischengegangen sind, das war super, vielen vielen Dank, total mutig, die hätten sonst bestimmt nicht so schnell aufgehört, uns zu schikanieren.« Altmann ächzte und machte Anstalten, sich aufzurappeln. »Vorsicht, können Sie schon stehen?« Er nickte matt. »Sollen wir Sie nach Hause bringen?«

»Nein, danke«, er lachte gequält, »da müssten Sie mich bis nach Treckingen bringen, das wäre vielleicht doch ein bisschen weit.« Im nächsten Moment wurden ihm die Knie weich, und er musste sich auf die Schenkel stützen.

»Sehen Sie? Machen Sie langsam!« Sie fasste ihn am Arm, während ihre Freundin seine Tasche aufhob. »Kommen Sie, wir gehen zusammen ein Stück zurück, da oben im Dreieck gibt's ein paar Bänke.«

Altmann ließ sich von Belkis und Schirin, wie die beiden sich vorstellten, in die Mitte nehmen und zu einer Bank in einer kleinen Grünanlage führen, an der links und rechts der Verkehr vorbeirauschte. Der zähe Nebel in seinem Kopf lichtete sich langsam, der Schmerz ließ etwas nach. Eine Karriere als Straßenkämpfer würde er in diesem Leben nicht mehr machen. Schirin, mit dem grünen Kopftuch, erzählte, dies sei schon das zweite Mal, dass sie in dem Monat von Nazis angepöbelt wurden, die machten seit einiger Zeit gegen alles mobil, was irgendwie muslimisch aussah, wohl weil sie letztens von den Albanern in Neu-Ulm eine auf den Deckel gekriegt hatten. Jetzt versuchten sie, den Leuten einzureden, alle Muslime wären Salafisten. Sie schnaubte verächtlich. »Salafinskis« nannte ihr Bruder die, weil so viele Deutsche darunter waren. Leider stimmte es wirklich, dass diese Deppen schon seit langem ziemlich stark in der Region waren. Sollten die Glatzen sich doch mit denen schlagen und die andern Leute in Ruhe lassen. Das war sowieso ein und dieselbe Sorte, die einen rasierten sich den Schädel und die andern ließen sich den Bart wachsen, aber ansonsten waren die genau gleich, geil auf Waffen und Action und Gewalt und alle voll die große Klappe und voll überzeugt davon, was Besseres zu sein und immer im Recht und im Besitz der einzigen absoluten Wahrheit, wurscht ob sie die jetzt Allah nannten oder Großdeutschland. Das war bei denen eh bloß ein Vorwand, andere fertigzumachen. Mit Allah hatte das überhaupt nichts zu tun. Und die einen wie die andern behandelten die Frauen scheiße. »Ups, Entschuldigung.« Sie warf Altmann einen verlegenen Blick zu. »Stimmt aber wirklich.«

»Ja, ich weiß.« Sein zaghaftes Mundverziehen sollte ein Lächeln darstellen. »Ich komme zufällig gerade von einem Salafinski.«

»Echt?« Die beiden jungen Frauen wechselten einen Blick. »Der eine da von den Glatzen hat Sie gekannt, stimmt's?«, sagte

Belkis zögernd. »Sonst wären die wahrscheinlich nicht so schnell abgehauen. Sind Sie Streetworker oder so was?«

Nein, war er nicht. Er war kein Streetworker. Er war Pfarrer. Und er war, sagte er sich, als er glücklich im Zug nach Treckingen saß und sich die Ereignisse des Tages durch den schmerzenden Kopf gehen ließ, an einem Punkt im Leben angekommen, wo er das sein wollte, was er war, und nichts anderes. Pfarrer. Seelsorger für eine kleine Gemeinde. Und obendrein, in seltenen Fällen, mit der Sorge für Seelen einer ganz bestimmten Art betraut, wie es schien.

Im Frühjahr hatte er zum zweiten Mal seine Dissertation über den Erzengel Michael an den Nagel gehängt, und diesmal endgültig, da war er sicher. Diesmal empfand er die Entscheidung nicht als Scheitern, sondern als konsequenten Schritt, von dem er zwar nicht genau wusste, wohin er führte, aber der ihn auch nach vier Monaten noch mit einem Hochgefühl erfüllte. Kein Gespenst klopfte Nacht für Nacht an seine Tür und beschuldigte ihn, sich vor der ihm auferlegten Pflicht zu drücken. Es war sein Thema, durchaus, um dessen Klärung er da seit Jahren rang, aber eine gelehrte Arbeit zu schreiben voll gelehrter Erkenntnisse, mit denen andere gelehrte Köpfe ihre Verstandesmühlen betreiben konnten, war für ihn die falsche Art, mit dem Thema umzugehen, die Erkenntnis hatte ihm die Arbeit auf jeden Fall gebracht. Und wieder war der Impuls, stattdessen etwas Handfestes zu tun, in einer Situation gekommen, in der seine Frau ein Kind erwartete, wobei er diesmal den festen Vorsatz gefasst hatte, sich dem Impuls gewachsen zu zeigen und nicht an der praktischen Umsetzung zu zerbrechen. Hanne und er hatten abermals lange Gespräche mit dem Dekan und dem Kirchengemeinderat geführt und ihr, jawohl, gemeinsames und wirklich wohlüberlegtes Ersuchen vorgetragen, ihn als Hannes Schwangerschaftsvertretung einzusetzen und danach eine Doppelstelle für sie beide einzurichten. Er hatte einige ehrliche Antworten auf peinliche Fragen geben müssen, aber ihr großes Plus war, dass Hanne sich in der kurzen Zeit in der Gemeinde unverzichtbar gemacht hatte. Die kirchlichen Entscheidungsträger mochten nicht versprechen, im nächsten Jahr auf jeden Fall zwei Hundert-Prozent-Stellen zu schaffen, darüber müsse dann noch einmal verhandelt werden, doch es war deutlich, dass sie Hanne halten wollten. Dafür waren sie sogar bereit, ihn in Kauf zu nehmen.

Nein, kein Streetworker. »Ein jeglicher bleibe in dem, darin er berufen ist«, wie Paulus ganz richtig sagte. Und zu seiner Berufung gehörte es, sich um junge Männer zu kümmern, die in die Fänge des Drachen geraten waren – das heißt, nein, eigentlich nur um eine ganz bestimmte Sorte von Drachenopfern, nämlich solche, die darüber selbst zum Drachen wurden, dass sie ehrlichen Herzens meinten, den Drachen zu bekämpfen. Das waren vermutlich unter dem Strich doch nicht so viele. Nach Ulm war er heute gefahren, um mit einem jungen Mann zu reden, der zum Islam konvertiert war, natürlich der strengsten und radikalsten Art, und dessen Eltern nicht mehr aus und ein wussten. Kannte er den von früher, hatte Belkis wissen wollen, oder warum machte er das? Tja, warum? Weil er wusste, wie sich der Panzer am Leib anfühlte, wie sich das Schlangengift in der Blutbahn anfühlte, wie es sich anfühlte, wenn das weit aufgerissene Maul Feuer spuckte, hätte er sagen können. Weil er wusste, dass der Diamant, den das dunkle Ungeheuer verschlungen und ganz und gar in seine Gewalt gebracht hatte, in Wahrheit rein und hell war, auch wenn er jetzt einem schwarzen Kohleklumpen glich. Riesengroß war die Leuchtkraft, die von diesem Diamanten ausging, und die jungen Idioten, die damit nicht umgehen konnten und keine Erfahrung hatten und niemand Erfahrenes kannten, von dem sie den

Umgang lernen konnten, wurden von dieser unbeherrschten Kraft in die äußerste Verblendung gerissen, die äußerste Finsternis, in der sie in letzter Konsequenz jede Menschlichkeit verloren und zu Stein wurden oder zu reißenden Bestien. Er konnte jedes Mal heulen vor Verzweiflung, wenn er eine dieser immergleichen Radikalisierungsgeschichten hörte, vor Verzweiflung und ... Liebe. Ja, er liebte diese Idioten, sie berührten etwas in seinem Herzen, das ... ah, ihm fehlten die Worte dafür. Junge Männer, die nach etwas suchten, für das sie ihr Leben geben konnten, die dafür die Angst vor dem Tod überwanden, die bereit waren, für etwas zu sterben, das ihnen größer erschien als sie, solche jungen Männer waren ein Schatz. Ein großer, gefährlicher, kostbarer Schatz. Ein Schatz, den jede Gesellschaft brauchte und mit dem klug zu wirtschaften eine ihrer wichtigsten wie auch heikelsten Aufgaben war. Ein Schatz, mit dem diese Gesellschaft nichts anfangen konnte. Diese Gesellschaft, reich an Geld, aber arm und schwach an Leben, konnte nur mit stromlinienförmigen Karrieristen etwas anfangen – auch die sicherlich Verblendete in der Hand des Satans, aber von einer Sorte, für die er nicht zuständig war. Oder doch? Besser nichts voreilig ausschließen. Sein Herz jedenfalls gehörte den anderen, den Fanatikern, die nichts weniger wollten als sein Herz, für die er der Feind war, aus diesem Grund oder jenem. Sie mussten es mit ihrem Leben austragen, dass die Gesellschaft ihnen keine lenkende und leitende Bahn für ihre Kraft zu bieten hatte, dass sie wie wild auf die Mauern eindroschen, von denen sie sich umstellt sahen, und dabei die Mauern immer härter und höher und unüberwindlicher machten. Niemand lehrte sie, ihre Kraft zum Guten zu betätigen, sie zu reinigen und zu bilden, sie lernten nur, sich gegen andere durchzusetzen und sich gewinnbringend zu verkaufen. Aber wenigstens einen sollte es geben, der für sie betete.

Schirin und Belkis, die es sich nicht nehmen ließen, ihn zum Zug zu bringen, erzählte er nur das Nötigste. Für sie waren solche Typen der Abschuss. Aber dass ein Vater sich in so einer Situation Sorgen um seinen Sohn machte und einen Pfarrer um Hilfe bat, das verstanden sie schon. Noch besser verstanden sie es, dass die Freundin von diesem Hartmut, der sich jetzt Arslan nannte (»Löwe, pff!«), sich von ihm getrennt hatte, weil sie nicht im Ganzkörperschleier in der Öffentlichkeit herumgehen wollte. Burka oder Nikab würden sie auch nicht anziehen, meinten sie. Sie wollten sich ja nicht vor der Welt verstecken, im Gegenteil, sie wollten sich zeigen als muslimische Frauen, für die der Hidschab ein Teil ihrer Identität war, auf die sie stolz waren und für die sie sich frei entschieden, dazu musste kein Mann sie zwingen. Altmann war bereit, es ihnen zu glauben, diesen eigentümlichen Mischgewächsen mit ihrem hocheleganten traditionellen Kopfschmuck über den modischen bunten Blusen und den figurbetonten engen Jeans. Nein, den jungen Mann umzustimmen war ihm nicht gelungen, räumte er beim Abschied ein, damit war auch nicht zu rechnen gewesen. Aber vielleicht, wer weiß, war ... eine Berührung geschehen, die auf längere Sicht eine Wirkung tat.

Bei seinem Anruf hatte Arslan Scheufele einem Treffen schnell zugestimmt, denn es gab ihm, wie Altmann wohl wusste, die willkommene Gelegenheit, sich vor einem armen Ungläubigen, und noch dazu einem Pfarrer!, als Verfechter des einzig wahren Glaubens zu inszenieren und seinen neuen Katechismus mit der hundertfünfzigprozentigen Überzeugung des Konvertiten herunterzubeten. Von einem solchen Gespräch, hatte er den Eltern klarzumachen versucht, durfte man sich unmittelbar nichts erwarten, das Äußerste, was man tun konnte, war, einen Samen zu setzen, der vielleicht eines Tages, vom Sonnenstrahl eines glücklichen Augenblicks getroffen, aufging. Dass man mit »vernünftigen Argumenten« nichts ausrichtete, habe der Vater doch selbst erlebt, die »Vernunft« war gerade die Droge, mit der sich ein solcher Radikalismus aufputschte, weil er auf seinem passend vordefinierten Feld der Wirklichkeit jeden Widerspruch mit zwingenden logischen Schlüssen ersticken konnte. Ja, aber. Für die Eltern, die ihr eigenes angestammtes Feld der Wirklichkeit nicht verlassen konnten, war und blieb es unbegreiflich, dass ihr Hartmut sich hatte beschneiden lassen und mit einem anderen Namen gerufen werden wollte, selbst von ihnen, und jetzt wollte er sogar auf Pilgerfahrt nach Mekka gehen, und wer wusste, ob er von da je zurückkam, ob er nicht auf der Stelle zum Dschihad eingezogen wurde und die ihn als Glaubenskrieger oder gleich als Selbstmordattentäter nach Syrien schickten. Die hatten ihn doch genauso einer Gehirnwäsche unterzogen wie vor Jahren den Buben aus Blaubeuren, wo man auch erst dachte, der sucht bloß die Sicherheit dieser strengeren Religion mit ihren genauen Vorschriften und Regeln und ständigen Moscheegebeten, oder er tut sich nicht mehr mit Frauen so schwer, wenn er so eine vollverschleierte Türkin heiratet, die alles machen muss, was er sagt, aber irgendwann ging er nach Tschetschenien, um dort gegen die Russen zu kämpfen, und bald darauf war er tot.

Ein hagerer Vollbartträger mit weiten weißen Hosen, weißem Obergewand und weißem Käppi hatte Altmann die Tür zu einer spärlich möblierten Zweizimmerwohnung in der Weststadt geöffnet. Unter arabischen Kalligraphien und Fotos aus Mekka hatte der Pfarrer auf einem Kissen am Boden Platz genommen und sich, mit Tee und Datteln bewirtet, erklären lassen, warum der Islam über alle anderen Religionen siegen würde und warum die westlich-christliche Welt des Teufels war und gerade auf dem Gipfel ihrer tyrannischen Herrschaft in den unvermeidlichen Untergang taumelte. Altmann hörte zu. Auch ihm sei es ein

Anliegen, gegen den Teufel zu kämpfen, murmelte er in einem Moment der Stille in seine Teetasse, die Art, wie das zu geschehen habe, beschäftige ihn seit Jahren. Arslan Scheufele war überzeugt, dass die einzige Art in der strikten Befolgung von Allahs Geboten und in der Bekämpfung der Ungläubigen mit allen gebotenen Mitteln bestand. Altmann erkundigte sich nach den Mitteln, erfuhr von Freunden, die in Syrien für den rechten Glauben kämpften, von einem, der in Deir ez-Zor als Märtyrer gefallen war, davon, wie Allah die Märtyrer belohnte. Er ließ den jungen Mann reden, fragte gelegentlich nach und sagte schließlich, nach seiner Erfahrung sei Gott die Liebe und der Weg zu ihm die Liebe und nur eine Waffe in der Lage, den Teufel zu schlagen, und das sei die Liebe. Stand nicht im Koran die Geschichte, wie der Satan wegen seiner Weigerung, sich vor Adam niederzuwerfen, von Gott verstoßen wurde: er beharrte darauf, den Buchstaben des Gesetzes zu erfüllen, wonach man sich allein vor Gott niederwerfen durfte, aber er hatte die Liebe nicht, die Liebe zum Vorschein der göttlichen Schönheit, und so wurde aus abstraktem Gehorsam und vermeintlicher Treue blinde Selbstüberhebung und Frevel. Nach seiner eisernen Logik war der Satan der einzige wahre Rechtgläubige. Scheufele guckte verdutzt, dann widersprach er energisch.

Zum Abschied versprach Altmann, sich wieder zu melden, und reichte seinem Gastgeber außer seiner Karte ein Bild des Erfurter Michaels: in dessen Haltung komme seines Erachtens der Geist des echten Heiligen Kriegers zum Ausdruck. Es sei vielleicht nicht gleich auf den ersten Blick zu erkennen. Die Liebe sei schonungslos, sie töte den Tod. Als er die Haustür hinter sich zuzog und auf die Straße trat, um zum Bahnhof zu schlendern, kam ihm aus heiterem Himmel der Gedanke an Tim, wie immer mit einem schmerzhaften Stich.

Nach dem ersten Schreck vergewisserte Hanne sich, dass nichts gebrochen war, dann verarztete sie ihn und hörte sich bei einem späten Abendessen kopfschüttelnd seine Geschichte an. Sie gähnte. Um die Zeit kam jetzt regelmäßig die Müdigkeit wie eine Welle. Je näher ihr Termin rückte, umso früher musste sie abends ins Bett. Da klingelte es an der Tür. Wer konnte das um die Zeit noch sein? Mit einem seltsamen Ausdruck im Gesicht kam Hanne ins Zimmer zurück: »Es ist für dich. Tim.«

»Komm rein!«, nötigte Altmann den Jungen, der mit hochrotem Kopf vor der Tür stand und beteuerte, nicht stören zu wollen, er wollte sich nur entschuldigen für diese unglaubliche Dämlichkeit da vorhin, er hatte das so nicht gewollt mit den beiden Mädchen, er dachte, er macht einen Witz ... oder so, und dann war das vollkommen aus dem Ruder gelaufen, »und als Sie dann noch dazukamen ... Hat der Sie schlimm getroffen?« Ein unsicherer Blick auf Altmanns salbenglänzende Lippe und Nase. »Reinhauen ist echt das einzige, was dieses Rindvieh kann. Wenn ich —«

»Komm rein!«, wiederholte Altmann und zog Tim am Arm in den Flur. »Komm mit, wir haben zu reden. Wenn du nicht gekommen wärst, hätte ich mich morgen bei dir gemeldet.« Er ging mit ihm hinauf ins Arbeitszimmer und schob ihn auf den Besuchersessel. Der Junge hatte noch mal einen Wachstumsschuss getan und wirkte körperlich kräftiger, aber das Gesicht war noch so weich und kindlich, wie er es in Erinnerung hatte.

Tim setzte sich auf die äußerste Sesselkante, wie um sicherzugehen, dass er jeden Moment aufspringen und weglaufen konnte. Sie hatten ein bisschen was getrunken, gab er an, und als sie die Mädchen vor sich sahen, hatten die beiden andern ihn aufgezogen, er würde sich nie trauen, so einer das Kopftuch runterzureißen, und dann ... »Es war einfach saublöd.« Was hatte er mit denen zu schaffen, wollte Altmann wissen, war er wirklich ein überzeugter Nazi geworden, der Schwächere schikanierte? Tim wehrte ab: sie gingen sonst nicht auf Schwächere, im Gegenteil. Die politischen Aktionen, die sie in ihrer Kameradschaft machten, seien was völlig anderes und gingen meistens gegen stärkere Gegner, dazu stehe er hundert Prozent. Ideologisch gebe es schon mal kleinere Differenzen, aber nichts Grundsätzliches. »Ich bin nicht hier, weil ich irgendwie zu Kreuze kriechen wollte, wieder Christ werden oder so.« Sein Körper straffte sich. »Ich stehe zu meinen Überzeugungen. Aber die Sache da heute nachmittag, das hat mit Politik nichts zu tun, das war einfach saublöd, wie gesagt. Dafür wollte ich mich entschuldigen, wie gesagt, sonst eigentlich nichts.«

Altmann zog den Zettel mit der Telefonnummer aus der Tasche, die er sich von Schirin hatte geben lassen. »Wenn es dir ernst ist mit deiner Entschuldigung, dann ist das die Adresse, wo du was wiedergutzumachen hast.« Tim wurde erneut rot im Gesicht, als er den Zettel entgegennahm. »Was mich betrifft, finde ich es gut, dass du Manns genug warst, hier vorbeizukommen, und für mich ist die Sache damit erledigt. Wenn du willst, kannst du gehen. Aber wo du schon mal hier bist, würde ich dir gern etwas erzählen, und es würde mich freuen, wenn du es dir anhören wolltest.« Er fasste den Jungen ins Auge.

»Wie gesagt, grundsätzlich ... Ja, klar, hör ich mir an.«

Pfarrer Altmann lehnte sich in seinem Sessel zurück. Seit fast zweieinhalb Jahren war kaum eine Woche vergangen, in der er sich diese Situation nicht vorgestellt hatte, und Worte kamen aus seinem Mund, die er sich schon häufig vorgesprochen hatte, Worte über die eigenen Abgründe, vor denen man gern die Augen verschloss, über den hässlichen Schatten, den man auf andere projizierte, so dass die genau das verkörperten, was man bei sich selbst nicht sehen wollte. Gerade dadurch aber wachse das Ungeheuer in der eigenen Tiefe und gewinne Macht über einen.

Ein Blick auf Tims gerunzelte Stirn ließ ihn innehalten. So nicht, sagte er sich. »Kannst du dich noch erinnern, wie du uns in der Konfirmandenfreizeit dieses Computerspiel vorgeführt hast, *Dragon Age*?« Ja, klar. »Und wie ich damals von Sankt Georg und seinem Drachenkampf erzählt habe?« Auch. »Das Thema beschäftigt mich jetzt seit gut zehn Jahren.« Erneutes Stirnrunzeln. »Die Frage, wie man den Drachen bekämpft.«

Altmann begann zu erzählen: wie seine Feindbilder gewesen waren in Tims Alter, wie er jahrelang immer geschwankt hatte zwischen Dagegensein und Dazugehören, wie er sich nie so richtig mit dem starren Gut-Böse-Schema abfinden konnte, an dessen Verbreitung seine eigene Kirche maßgeblichen Anteil hatte, wie ihm beim Anblick der Erfurter Michaelsfigur die Ahnung einer anderen Haltung gekommen war und wie er versucht hatte, diese Ahnung in Form einer Doktorarbeit zu klären, und damit gescheitert war. Dieses Scheitern hatte er als heilsam erfahren, denn er hatte dadurch begriffen, dass der Kampf gegen den Drachen eine Lebensaufgabe war und nicht mit einem klug geschriebenen Buch zu erledigen. »Deinen Impuls, gegen den herrschenden Meinungsdruck Front zu machen, den verstehe ich, glaube ich, ganz gut.«

Tim guckte skeptisch. »Normalerweise stehen die Pfarrer eher auf der Seite der Antifa als auf unserer«, sagte er.

»Ich stehe ganz gewiss nicht auf eurer Seite.« Altmann schnaubte. »Nein, ich stehe im Kampf gegen die Macht, die euch, die dich in ihrer Gewalt hat, und damit meine ich nicht die weltanschaulichen Blasen, die du im Kopf hast, die sind alle beliebig und austauschbar, reines Blendwerk und Verwirrspiel, auch wenn du sie für das Wichtigste überhaupt hältst.« Er beugte sich vor. »Ich stehe nicht auf eurer Seite«, wiederholte er, »und ich stehe auch auf sonst keiner Seite. Für einen Pfarrer sollte das im ›Anforderungsprofil‹, wie man heute sagt, ganz oben stehen, finde ich: Nie auf einer Seite stehen! Du bist für alle Seiten zuständig. Du darfst niemanden ausgrenzen, niemanden fortschicken, niemals fordern, der oder der muss raus, ›Ausländer raus!‹ oder ›Nazis raus!‹. Denn es lässt sich nie sagen, das Böse ist dort, hier aber nicht. Der Feind steht überall. Er hat sämtliche äußeren Bastionen besetzt, auch deine eigenen. Im Reflex denkst du, du musst ihn immer wütender, immer radikaler, mit immer militanteren Mitteln bekämpfen, um ihn auszurotten. Aber gerade dabei gedeiht er prächtig. Er nimmt jede Gestalt an, in der du ihn sehen willst, seien es jetzt die Ausländer, die Ungläubigen, die da oben oder die da unten, das linke Meinungskartell, die Kapitalisten, die Bullenschweine, die Nazis, die Juden, die Russen, die Amerikaner, die Schwulen, die Chauvis, die Emanzen, was du willst. Du kannst noch so hehre Ziele formulieren, Gerechtigkeit, Friede, Freiheit, Rechtgläubigkeit, Volksgemeinschaft, er macht sich jedes Ziel zu eigen und benutzt es zum eigenen Machterhalt. Er ist nie zu besiegen, denn wenn du ihn in einer Gestalt überwindest, steht er in einer andern Gestalt wieder auf, und zwar in der, zu der du selbst im Kampf gegen ihn geworden bist. Auf dem äußeren Schlachtfeld wird jeder Kämpfer zu dem, was er bekämpft, immer trifft dort Drache auf Drache, Panzer auf Panzer, Gift auf Gift.«

Altmann hielt inne. Dass er wegen der dicken Lippe ein wenig nuschelte, hatte ihn nicht gehindert, in den lauten Predigtton zu verfallen. Es war nicht zu ändern, so war er nun mal. Tim sah ihn mit großen Augen an. Er öffnete den Mund, wie um etwas zu sagen, schloss ihn wieder.

»Das einzige«, fuhr der Pfarrer fort, »wogegen der Drache machtlos ist, was ihn auf der Stelle tötet, ist die Liebe. Sie löst den Panzer auf. Die Heldentat, die der Kämpfer im Angesicht des übermächtigen Ungeheuers zu begehen hat, ist, die Waffen zu strecken, aber nicht in feiger Flucht oder um einen faulen Kompromiss zu schließen, sondern weil er im Andern sich selbst erkennt. Er lässt sich vom Wal verschlingen wie Jona, er geht in die Unterwelt, die sich vor ihm auftut, er wird eins mit dem Drachen. Damit gehört der Drachenschatz ihm, denn er ist selbst zum Drachen geworden.«

»Versteh ich nicht«, sagte Tim. »Wenn man gegen ihn kämpft, wird man zum Drachen, und wenn man nicht gegen ihn kämpft, wird man auch zum Drachen. Wo soll da der Unterschied sein?«

»Gute Frage«, sagte Altmann, »eigentlich viel zu gut, um sie zu beantworten. Nimm sie mit und denke darüber nach, wie wär's? Ein Fingerzeig: im ersten Fall wird alles zu Stein, im zweiten Fall kommt alles ins Fließen. Im Innern blitzt das Lichtschwert, im Innern.«

Tim schüttelte den Kopf. »Das ist mir zu hoch«, sagte er. »Aber eines ist klar: damit kommen Sie in Ihrer Kirche nie durch.«

Altmann lachte. »Na, darauf dürfen wir beide gespannt sein.« Er stand auf, und Tim schnellte vom Sessel hoch, als hätte er Sprungfedern im Hintern. »Ich will dir zum Abschied noch etwas mitgeben.« Er zog die Schublade auf, in der er seine Michaelsbilder aufbewahrte; die Hanne vor kurzem herausgerutschte Bemerkung, dass sie eine Statue von circa 1860 zeigten, hatte ihn zwar peinlich berührt, ihm aber den Erfurter Erzengel nicht dauerhaft verleiden können. Auch das Bild der chinesischen Göttin Kuanyin lag dort, die auf dem Wolkendrachen mit der Weisheitsperle im Maul stand, die Kraft der Tiefe ruhig und sicher beherrschend. Er zögerte. Auf einmal fiel sein Blick auf das kleine Etui mit dem Taschenspiegel, das er schon vermisst hatte. Wie war das auf die Kommode gekommen? Egal. Er drückte die Schublade wieder zu und reichte Tim den kleinen Spiegel. »Falls du eines Tages mal das

Bedürfnis hast, dir den Feind ganz genau anzuschauen«, sagte er und brachte seinen Besucher zur Tür.

Lange ging er im Zimmer auf und ab, starrte auf die schwarze Fensterscheibe, an die Wand, ging wieder, starrte, ging, starrte, bis er schließlich die Hoffnung hatte, einschlafen zu können, wenn er sich ins Bett legte. Beim vorsichtigen Zähneputzen guckte er seinerseits in den Spiegel auf sein blaues, geschwollenes Gesicht und musste wider Willen grinsen. Es tat immer noch weh. So einer wie er war auf jeden Fall gut beraten, sich nicht auf direkte Handgreiflichkeiten mit den Drachen der Welt einzulassen.

10 So ungezügelt Jonathan sonst häufig war, mit wenig Rücksicht auf sich und andere, so vorsichtig und liebevoll ging er mit seinem kleinen Bruder um. Erst hatte Altmann gezögert, ihn Sebastians Kinderwagen schieben zu lassen, aber als er sah, wie gut Jonathan aufpasste und wie ernst er seine Rolle als Großer nahm, hatte er ihm den Lenker tiefer gestellt, und heute hatte der kleine Kerl den Wagen den halben Spazierweg allein geschoben und nur bei den hohen Bordsteinen auf dem letzten Stück ein wenig Hilfe gebraucht. Als sie in ihre Straße einbogen, hörten sie hinter sich das bekannte Knattern, und im nächsten Moment rollte Hanne auf ihrer blitzenden Kawasaki fröhlich winkend an ihnen vorbei. Sie hatte das Motorrad erst letzte Woche aus dem langen Winterschlaf geholt und mit kindlicher Vorfreude für die erste Frühlingsfahrt hergerichtet, die erste Fahrt überhaupt seit mehr als einem Jahr, denn wegen der Schwangerschaft hatte sie auch den ganzen Sommer auf das Ritual ihrer Sonntagstouren verzichten müssen. Sie hielt vor dem Haus, nahm den Helm ab, schwang sich von der Maschine und breitete die Arme aus, als Jonathan mit lauten »Mama, Mama!«-Rufen auf sie zugelaufen kam. Altmann stellte den Lenker wieder auf seine Höhe und beobachtete, wie Hanne ihren ältesten Sohn mit den Stulpenhandschuhen an sich drückte und sich ausgelassen mit ihm im Kreis drehte. Gut sah sie aus in ihrer eng anliegenden schwarzen Ledermontur, geradezu martialisch – wie eine moderne Jeanne d'Arc auf ihrem motorisierten Renner. Nie im Leben hätte er daran gedacht, sich selbst in so eine Ritterrüstung zu packen, und auch der Rausch der Geschwindigkeit, von dem seine Frau ihm gelegentlich vorschwärmte, lockte ihn wenig, dieses »irre Glück«, die Maschine zwischen den Schenkeln zu haben und die Kraft des Motors zu spüren, in der Fahrt über sich selbst hinausgetragen zu werden, in eine Ahnung der großen Freiheit. Aber wie sie jetzt dastand in ihrem Panzer, den Sohn auf den Sitz hob und ihn mit dem Motorrad in die Einfahrt schob, schmolz er dahin.

Wie lange? – zehn Jahre, nein, elf war es her, dass er sie zum ersten Mal in ihrer Bikerkluft gesehen hatte. »Komm, lass dich anschauen!«, hatte er gesagt, und sie hatte sich halb stolz, halb abwehrend vor ihm gedreht, mit einer mädchenhaften Verschämtheit, die so gar nicht zu ihrem wehrhaften Äußeren passte, zu dem Eindruck von Breitschultrigkeit, den die Schulterprotektoren erzeugten, von stabilem Stand in der Welt. Er hatte sich erklären lassen, dass die vielen Reißverschlüsse nicht alles Taschen waren, sondern teilweise zum Durchlüften gedacht, und es hatte ihn geradezu gerührt, mit welchem Ernst sie ihm begründete, warum sie sich bei Motorradanzügen immer für Leder entscheiden würde, immer, nie für Textil, obwohl die Nachteile eigentlich überwogen: es war schwerer, sperriger, teurer, heiß im Sommer, kalt im Winter, nicht atmungsaktiv, nicht richtig wasserdicht, eigentlich eine Katastrophe. Dafür war es wesentlich robuster bei Stürzen, vor allem aber (o dieser Ausdruck auf ihrem Gesicht!) sah es viel besser aus und fühlte sich »einfach geil« an. Das mit dem Anfühlen konnte er bald bestätigen. Wenn er auf dem Rücksitz die Hände auf ihr ruhen und über sie gleiten ließ, war es, als liebkoste er die glatte Haut einer großen, schönen, lebensprallen Schlange. Und als sie jetzt mit Jonathan ins Haus ging und ihm in der Tür winkte, sich mit dem Kleinen zu beeilen, auf ihre Brüste deutend, kam ihm mit frischer Stärke sein Vorsatz von damals zurück: Dieser Schlange der Baum sein! Der Stab im Leben, um den diese Schlange sich schlang! Der Stab, an dem sie himmelwärts stieg, und der Stab, an dem sie hinabgeglitten kam, Leben schenkend, Liebe, Weisheit.

Nach dem Abendessen brachte er die Kinder mit ins Bett, und als die beiden endlich schliefen, war es an ihm aufzubrechen. Seit über einem Jahr hatte er ebenfalls ein eigenes Sonntagsritual, an dem er auch im Winter festgehalten hatte. Er zog sich warm an, griff sich die Taschenlampe und machte sich auf den gut halbstündigen Weg, der ihn zur Stadt hinaus und ein Stück durch den Wald führte. Auf halber Höhe am Hang lag dort das Bärenloch, eine kleine Höhle, die im Gegensatz zu den meisten anderen an diesem Rand der Alb jederzeit frei zugänglich war. Unter einem Überhang klaffte eine breite Öffnung im Fels, hinter der ein vielleicht zehn Meter hoher Raum von fünfzehn bis zwanzig Meter Durchmesser kam und dahinter, verbunden mit einem niedrigen Durchgang, wo er sich tief bücken musste, eine kleinere Kammer von etwa drei Meter Höhe und vier bis fünf Meter Durchmesser. Im vorderen Raum gab es einen Spalt in der Decke, durch den bei Tag etwas Licht fiel, aber der hintere Raum war dicht und zu jeder Tageszeit stockfinster. Dies war der Schlupfwinkel, in den sich Altmann, wenn nichts dazwischen kam, jeden Sonntagabend für zumeist eine bis anderthalb Stunden zurückzog, manchmal auch nur eine halbe, manchmal wurden es zwei.

Der Gedanke war ihm gekommen, als er im Stadtarchiv den Ursprüngen des Goliathstechens nachgeforscht hatte und dabei auf die erste Erwähnung von Treckingen in einer Chronik aus dem dreizehnten Jahrhundert gestoßen war. Die Namensform hatte damals noch Trackingen gelautet, und das Nachdenken über die Bedeutung des Namens hatte ihn bald auf die Bahnen geführt, auf die ihn jedes Nachdenken zu führen schien. Etymologische Spekulationen wollten den Namen von mittelhochdeutsch trecken, »ziehen«, herleiten und ihn mit alten Treidelpfaden an der Donau erklären. Aber so nahe war die Donau auch wieder nicht, dass solche Pfade für den Ort unbedingt hätten namensbestimmend werden müssen. Vielleicht ...? Er forschte weiter und fand, dass Drache im Mittelhochdeutschen trache geheißen hatte, süddeutsch womöglich tracke gesprochen, so wie aus China hier ja auch Kina wurde. Die vielen Höhlen in der Umgebung fielen ihm ein, und er fand den Gedanken gar nicht so abwegig, die Volksphantasie der damaligen Zeit könnte in ihnen Drachensitze gesehen haben, auch wenn keine entsprechenden Sagen überliefert waren, soweit er feststellen konnte. Drachenstadt. Ein anderer Name für Hierapolis war Ophiorhyme gewesen, Schlangenweg. Um einen Brauch wie das Goliathstechen zu begründen, mussten originelle Köpfe hier gelebt haben, offen für mythische Intuitionen. Er stellte sich vor, wie Menschen in besonderen Situationen, dunkel erinnerten heidnischen Bräuchen folgend, sich über lange Zeiträume hinweg in diese Höhlen begaben, um in Kontakt mit den Kräften der Unterwelt zu treten und ihren einsamen Kampf mit dem Drachen zu bestehen. Vielleicht wollten sie Heilung finden, für sich oder andere, vielleicht suchten sie nach Erkenntnis, nach Träumen und Weissagungen, vielleicht waren es andere Wünsche und Hoffnungen, die sie trieben.

Er geriet ins Grübeln. Müßige Frage, ob oder warum andere Leute in längst vergangenen Zeiten solche oder ähnliche Sitten gepflegt hatten. Die Möglichkeit bestand jederzeit. Was hinderte ihn, eine Höhle als Kraftort im Sinne Hannes (der *anderen* Hanne) aufzusuchen, einerlei ob es vor ihm schon einmal jemand getan hatte oder nicht? Die Frage arbeitete in ihm, bis er im Frühjahr anfing, sich nach einer geeigneten Höhle umzuschauen. Die Wahl fiel nicht schwer, denn sie sollte eher klein sein, frei zugänglich und von zuhause aus fußläufig gut zu erreichen. Da kam eigentlich nur eine in Frage. Anfangs stellte er sich vor, in der hinteren Kammer des Bärenlochs eine einfache Sitzgelegenheit zur Meditation zu bauen, aber er fürchtete, damit Aufmerksamkeit zu erregen, sei es bei Jugendlichen, die daraus Kleinholz machten, sei es bei sonstigen Neugierigen, die sich für das Treiben des Herrn Pfarrers interessierten. Auch war das Innere der Höhle für längeres ruhiges Sitzen zu kalt, vor allem im Winter, und an ein Feuer in dem kleinen Raum war nicht zu denken. Er beschränkte sich darauf, den Boden von Steinen, einer Bierflasche und ein paar Abfällen zu säubern. Erst einmal hingehen und sich an eine Regelmäßigkeit gewöhnen, dann würde sich die rechte Form des Aufenthalts schon von selbst ergeben.

Welche Wünsche und Hoffnungen bewegten *ihn* zu seinen Höhlengängen? Als er Hanne das Ziel seiner auffällig werdenden Abwesenheiten am Sonntagabend verriet, ging ihre Frage in die Richtung. Sie waren gerade dabei, konkrete Aufgaben zu besprechen, die er zu ihrer Entlastung jetzt schon übernehmen konnte, bevor er sie dann im Herbst ganz vertrat. Über die grundsätzliche Aufgabenverteilung nach der Elternzeit konnten sie nachdenken, wenn die Entscheidung über die Doppelstelle gefallen war, nur dass Hanne die Geschäftsführung behielt, stand für Altmann nicht zur Diskussion. Er freute sich auf seinen zweiten Anlauf und glaubte, im Pfarrberuf seine Lebensaufgabe zu guter Letzt doch zu erkennen, aber wie er sich dieser Aufgabe gewachsen zeigte, wie er sie auf seine Art ernst nahm, wie er sie gestaltete, daran hatte er durchaus noch zu arbeiten. Jaja, er wusste, dass sich das für sie anders darstellte, sagte er, als er das Zucken um ihre Lippen sah, aber was sollte er machen, ohne ein umfassendes Sinngefühl konnte er nicht mal den kleinen Finger heben, und Sinn kam für ihn aus dem Ganzen. Dieses Ganze, in dem er sich verorten konnte, musste er für sich gewinnen, wieder und wieder und jetzt mehr denn je.

»Im Kampf gegen den Drachen«, sagte Hanne.

Altmann verdrehte die Augen. »Nenn es, wie du willst«, knurrte er. Ihre unmittelbare Handlungsfähigkeit habe er nun mal nicht. Und die zeitgeistigen Selbstverständlichkeiten, die für viele erfüllend waren, übten auf ihn nicht den Zug aus, den er brauchte, um handlungsfähig zu werden, warum auch immer. Es war gewiss gut, für Gerechtigkeit und Frieden einzutreten. Es war gut, für die Armen und Kranken und Notleidenden zu sorgen, für die Verfolgten und Vertriebenen. Es war gut, den Flüchtlingen ein Asyl zu geben. Es war aber auch gut, die Ängste und Vorurteile und Aggressionen der einen gegen die anderen ins Offene zu bringen und sich ihrer Träger anzunehmen. Vor allem war es gut, die Kirche auf den Fels der Einheit zu gründen, des Ganzen, nicht auf den Bruch und Schotter verfeindeter Teile, und es war gut, um diese Einheit zu ringen und zu beten. Sie jedoch tatsächlich zu glauben, diese Einheit, sie in einzelnen lichten Momenten herzustellen und selbst zu verkörpern, war das Schwerste. Wie hatte er den Konfirmanden vor drei Jahren gepredigt? Es widersprach jeder Alltagserfahrung. Die Einheit war nicht die Volksgemeinschaft, wie Tim gern glauben wollte, und sie war nicht die rechtgläubige Konfession. So stand immer eins gegen das andere und musste irgendwie überlegen sein, wertvoller, wahrer, im Recht. In solchem Gegeneinander der Standpunkte und Interessen musste wohl wirken, wer sozial und politisch handeln und etwas bewegen wollte. Ein jeglicher in dem, darin er berufen war. Seine Berufung war die Einheit. Mit Blick auf die sozialen und politischen Probleme, die den Alltag beherrschten, war sie unrealistisch, ja irreal. Aber war es nicht so, dass der vermeintliche Realismus der praktischen Problembewältigung immer wieder auf die gleichen unausrottbaren Probleme stieß, die er niemals bewältigt bekam? Erwies sich der harte Grund seiner Realität nicht als loser Treibsand und sein Anspruch als reine Fiktion? Die Kraft, den Alltag zu bestehen, lag nicht im Alltag. Sie lag in dem, was aus der Sicht des Alltags reine Träumerei war. Diese Träumerei war ein Felsgrund. Der einzige Grund, den es gab. Sie war die Wirklichkeit des Geistes. Sie war die Sphäre der Einheit. Hier und nur hier war die Menschheit zuhause, war sie eins, hatte das Wort Mensch einen Sinn.

Er sah Hannes Blick und zuckte die Achseln. »Erster Johannesbrief«, sagte er: »Es ist noch nicht erschienen, was wir sein werden.‹ Was wir sind.«

»Was willst du tun?«, fragte sie.

»Ich weiß es nicht«, sagte er. »Ich brauche einen Grund, um den nächsten Schritt zu tun, und ich muss einen Schritt tun, um auf den Grund zu kommen, und ich sehe nicht, wohin ich trete, und vielleicht ist es die leere Luft.« Er brauche eine Form der Unmittelbarkeit, seine eigene Form, und so wie er gestrickt war, müsse er dafür anscheinend an den Anfang der Welt zurückgehen und die Erfahrung machen, dass dieser Anfang nicht in einer fernen Urzeit lag, sondern hier und jetzt in der Gegenwart. Hier und jetzt gelte es für ihn, das, was er Drachenkampf nannte, zu bestehen, unmittelbar, am eigenen Leib, in der eigenen Seele. »Wenn ich mir das klarmache, fühle ich mich gut und stark. Und im nächsten Moment kommt die hilflose Schwäche, wenn ich mir eingestehe, dass ich keine Ahnung habe, was das konkret heißen soll, wie es sich in irgendein Handeln übersetzen lässt, wie es Fleisch wird.« Er wusste es nicht, eines aber meinte er zu wissen: dies, was er nicht wusste, zu tun, war das einzige, was er im Leben wirklich zu tun hatte. Er wollte es tun, nichts lieber als das, und doch konnte er nichts tun, um es zu tun, er konnte es nur geschehen lassen, und auch das konnte er nicht tun, und er wusste nicht, was geschah.

Das Gespräch mit Hanne lag inzwischen auch schon wieder länger zurück, und sein Grübeln darüber, wie er den Pfarrberuf auf die ihm gemäße Weise ernst nehmen und gestalten konnte, hatte in letzter Zeit ein weiteres Mal eine Wende genommen, die ihn selbst überraschte. Auf dem Weg durch den Wald hatte er Muße, sich die neuen Pläne durch den Kopf gehen zu lassen, von denen er Hanne noch nichts gesagt hatte, obwohl sie erhebliche Konsequenzen für die gemeinsame Zukunft haben würden. Dafür hatte er, unglaublicherweise, mit seinem Vater darüber gesprochen. Er war am Wochenende davor mit der Familie in Celle beim Geburtstag der Mutter gewesen, und in einer Zigarettenpause im Garten, die sich der Alte immer noch nicht nehmen ließ, hatte er sich zu ihm gesellt und einfach angefangen zu reden. Seit er an dem langen Abend in Kolossae ausführlich und tief bewegend mit der norwegischen Hanne über das Verhältnis zu den Vätern gesprochen hatte, nagte die Erkenntnis an ihm, dass ihm im Kampf mit dem stummen Drachen kein Glück beschieden sein konnte, solange er nicht den schlichten Mut aufbrachte, sich der größten Stummheit in seinem Leben zu stellen. Und dieser Einsicht war ein Gedanke gefolgt, den er zunächst entschieden verscheuchte, aber der hartnäckig immer wieder angeflattert kam, bis er ihm schließlich, erst mal versuchsweise, Nistrecht gewährte. Wollte er, konnte er wirklich der Sohn seines Vaters sein? Erhard Altmann inspizierte seine Rosenbeete, ohne seinen Sohn zu beachten. In zwei Jahren werde in Ulm eine Stelle als Militärseelsorger frei, erzählte Michael unvermittelt; er denke daran, sich zu bewerben. Erhard nickte und blies Rauch über die Rosen. Ob er sich das vorstellen könne, ein Kriegsdienstverweigerer auf so einem Posten? Erhard nickte wieder. »Wird den Jungs gut tun, jemand Festen und Verlässlichen zu haben, der den Dienst mit ganz andern Augen sieht; den hohen Tieren auch.« Michael sprach von den Problemen, die es mit den Kirchenoberen geben könne, wenn er sich schon wieder umorientierte, zumal das Pfarramt in die Zuständigkeit des bayerischen Militärdekanats fiel. »Probleme sind dazu da, gelöst zu werden«, sagte Erhard. »Läuft nicht alles glatt im Leben. Mach das. Wird schon.« Beim Zurückgehen ins Haus bat Michael ihn, die Sache nicht zu erwähnen, Hanne wisse noch nichts davon. Erhard streifte ihn mit einem Blick. »Micha, mit der Frau kannst du alles machen. Alles.« Der Händedruck beim Abschied war vielleicht eine Sekunde länger gewesen als sonst.

Als er die Stelle erreichte, wo er vom Weg abbiegen musste, war auch am Westhang kaum noch etwas zu erkennen. Dennoch ließ er die Taschenlampe stecken. Den kurzen Aufstieg zum Bärenloch kannte er mittlerweile gut. Nur einmal war er in der ganzen Zeit im feuchten Schlamm ausgerutscht und dann verdreckt und mit aufgeschürften Händen nach Hause gekommen. Heute war der Waldboden trocken. Erst unmittelbar vor dem Höhleneingang griff er zur Lampe und leuchtete hinein: gähnende Leere. Er war zu dieser Stunde hier oben noch nie jemandem begegnet. Für ein Liebesnest war es im Innern selbst im Hochsommer zu kalt. Das leise Knirschen seiner Schritte im großen Vorraum verklang, als er den Kopf einzog und in seine Kammer schlüpfte.

Stille. Viel stiller und noch einmal anders still als draußen im Wald. Die Stille legte sich um ihn wie ein Mantel. Er stellte sich wie gewohnt in die Mitte und knipste die Taschenlampe aus. Dieser erste Moment vollkommener Schwärze war eine Erlösung.

Augen und Ohren vom Dienst befreit. Er stand nur still da und genoss das Nichts. Dann stellten sich die Sinne auf die neue Situation ein. Er hörte seinen Atem gehen, hörte sein Herz schlagen, hörte das Blut durch die Adern rauschen. Vor seinen Augen erschien ein unbestimmtes Schimmern und Wabern, das sich nach einer Weile zu Gesichtern verdichtete, die aus dem Schwarz hervortraten und in schneller Folge ineinander überflossen. Er schloss die Lider: die Gesichter flossen weiter. Die Gedanken fühlten sich aufgerufen mitzufließen. Sie begannen ihren gewohnten Tanz. In den ersten Monaten hatte er irgendwann aufgehört, mit Ruhebefehlen dagegen anzugehen, und begonnen mitzutanzen. Vielleicht war es eine gute Idee, die innere Bewegung mit dem Körper nach außen zu bringen, vielleicht ließen sich seine Gedanken gestalten und stillen, wenn er in die äußere Bewegung die gleiche Schwere oder Leichte, Langsamkeit oder Schnelligkeit legte, die sie ihm zu haben schienen. Und in der Tat war es gut, sich ihnen nichtdenkend zuzuwenden, sie hörten auf, sich zu zerstreuen, und verschmolzen mit der Bedachtsamkeit, mit der er die Bewegungen ausführte.

Immer wieder kam ihm der Gedanke des Kampfs. Dann ergriff er die Lanze, die in der Luft lag, und versuchte sie in der Weise zu führen, die ihm stimmig erschien. Oder lieber das Schwert? Nicht zu weit in die Vorstellung hineingehen. In gar keine Vorstellungen hineingehen. Die fließenden Lichter und Gesichter nicht festhalten. Die Hinwendung zu den Gedanken nicht um ihrer selbst willen, sondern als Hinwendung zum Dunkel vollziehen, das ihn umgab, dem er sich ausliefern wollte, diesmal bewusst. In der alltäglichen Abwendung war er ihm ja immer schon ausgeliefert, dem Dunkel im Herzen der Welt, das ihn von hinten so unmerklich wie unbezwinglich beherrschte. Jetzt kehrte er sich ihm zu: Zeig dich! Wie siehst du aus, du Kraft, die mich in die Felsenhöhle der Dingwelt einschließt, die alles versteinert, was fließen will, die die Wirklichkeit dingfest macht, die das Lied zum Verstummen bringt? Selbst zu singen hatte er nur einmal versucht und mit dem »Angelus pacis Michael« seinen Schutzpatron als Seelengeleiter angerufen, aber nach einer Strophe hatte er den Versuch abgebrochen. Ausgedacht. Vorgestellt. In keine Vorstellung hineingehen. Er wollte hier keinen Ritus begehen, er wollte die Wirklichkeit erfahren.

Nach und nach lernte er, ruhig zu werden. Manchmal war er völlig durchgefroren, wenn er aus der Höhle kam und sich auf den Heimweg machte. Manchmal stieg eine innere Wärme in ihm auf, die ihn die äußere Kälte vergessen ließ, meistens begleitet von dem Gefühl einer unfassbaren Präsenz, einer großen Spannung. Irgendwann im Winter hatte er auf einmal einen Pfeifton im Ohr, den er sofort wiedererkannte. Drei Jahre war es jetzt her, dass er den Drachen am Himmel gesehen und dabei den Ton gehört hatte. Nicht deutlich zu sagen, ob es ein Pfeifen, Klingen, Sirren oder Schrillen war. Es war irgendwie alles und zugleich nichts von allem. Manchmal war es mehr das eine, dann mehr das andere. Einmal war es, als ob eine schwere alte Tür leise in den Angeln quietschte. Einmal war es, als ob eine Schlange zischte. Jedes Mal geriet er, wenn er den Ton hörte, augenblicklich in einen Zustand großer Konzentration. Es war, als würde er in einer Sprache angesprochen, für die er noch nicht das Ohr hatte. Er lauschte gespannt. Nein, noch nicht ganz.

Die angedeuteten Tanzbewegungen hatte er inzwischen eingestellt. Er stand ganz still. Gespannt. Da. Zart und hell der Ton heute, ein feines, durchdringendes Klingen. Er fühlte eine Muschel aufgehen, die dunkle Muschel des Ohrs, und im Innern lag die Perle eines leuchtenden Tons, dessen Klangwellen die Höhle ausfüllten. Wie eine Rüstung aus singendem Licht umschlossen sie ihn. Er war vollkommen gegenwärtig. Die Spannung stieg. Herr, du mein Gott!

Pfarrer Michael Altmann rüstete sich zum Gebet.

Anderes von selber Hand

Vom Schweigen meines Übersetzers. Eine Fiktion, 428
Seiten, München 2008
> *Ein amerikanischer Autor will ein Buch über Deutschland schreiben und
> nimmt als Hauptfigur seinen deutschen Übersetzer, der ihm alles verkör-
> pert, was ihn am Geist dieses Landes anzieht und abstößt.* »Die Sprache
> *selbst ist der Protagonist« dieses Romans, erkannte die FAZ seinerzeit.*

Beim Verlag vergriffen, antiquarisch günstig zu beziehen, z.B bei
booklooker u.a.

Dieksee. Gedichte vom Ufer aus, 95 Seiten, Plön 2011
> *Miniaturen über den See vor der Haustür, eine Auswahl aus dem Diek-
> see-Zyklus, der gegenwärtig über 400 Gedichte umfasst.*
>
> > *Im Brausen des Sturms,*
> > *im Brüllen der Wellen*
> > *singen*
> > *wenn niemand dich hört.*

Preis 9 €. Zu beziehen über hum@humoehring.de.

Schwentinental Journey. Flussgesang, 23 Seiten, Kiel 2014
> *Langes Gedicht über das Flüsschen Schwentine in seinem Lauf durch die
> holsteinischen Seen bis zur Mündung in der Kieler Förde – eine kleine
> norddeutsche Ergänzung zu Hölderlins großen Hymnen auf Rhein und
> Donau.*

Preis 12 €. Zu beziehen über hum@humoehring.de.

Ausgetickt. Ein Exzess, 93 Seiten, Berlin 2015

Novelle über ein rätselhaftes Gedicht der amerikanischen Dichterin Emily Dickinson, »A Clock stopped«, das im Austausch zweier Freunde immer neue ungeahnte Dimensionen eröffnet und damit ihren Blick und ihr Leben verändert.

Preis 17,90€. Zu beziehen über www.edition-rugerup.de/.

Zeitfracht Medien GmbH
Ferdinand-Jühlke-Straße 7
99095 Erfurt, Deutschland
produktsicherheit@kolibri360.de